낭만주의자의

연애세포 관찰기

시고 떫고 쓰고, 끝내 달콤한

낭.만.주.의.자.의.

연애세포 관찰기

손수진 지음

북하우스

prologue

나는 연애 박제사다

내 마음대로 단 하나의 재능을 선택할 수 있다면 나는 그림 그리는 재능을 선택하고 싶었다. 하지만 어디 마음대로 되는 일이 있기는 하던가. 대신 나는 감정에 온몸을 푸욱 담그고 징하게 연애하는 재능과 그것들을 기억하는 능력을 받았다. 거기에 덤으로 기록을 향한 의지까지. 그래서 나는 캔버스 대신 노트북을 잡고 글로 기억을 그려내기 시작했다.

간단히 말하자면 이건 흔하다면 흔할 보통의 연애 이야기다. 사뿐사뿐 내딛으며 시작하여 어느새 허우적거리다 이제는 뒤편으로 보내버린 연애 이야기. 왜 이런 이야기들을 쓰기 시작했는지는 나도 잘 모르겠다. 다만 시간이 지나도 가장 뚜렷한 '순간'들과 끈을 대어 놓고 싶었다. 동물 박제라는 악취미처럼 이것도 연애의 박제라고 할 수 있다면 정말 고약한 악취미다. 하얀 가운을 입고 내 안에 자라던 연애세포를 떼어다 현미경으로 들여

다본다. 생성부터 증식, 소멸까지 하나도 놓치지 않고 면밀히 관찰한다. 말랑말랑한 것들은 말랑말랑하게, 눈부신 것들은 눈이 찡그러질 정도로, 쓰는 동안마저도 너무 괴로운 이야기들은 쓴 침이 고이도록 그렇게 남겨서 걸어놓고 싶었다. 이 모든 이야기들은 남들에게는 별것 아닐 사물과 노래와 냄새가 남다른 의미를 갖기 시작한 연애의 어느 한 지점에서 시작된다.

뒤를 돌아보는 소녀의 목덜미에서, 남산의 산책길에서, 봉골레 스파게티에서, 동물원의 꼬릿한 냄새에서, 수명을 다 한 형광등에서, 택시기사가 흥얼거리는 트로트에서 나는 순간을 기억해 냈다. 그리고는 손가락이 제멋대로 내달려 그걸 그렸다.

하나하나 그리다 보니 어떤 연애의 처음부터 끝, 그리고 남겨진 이후가 하나의 책으로 완성되었다. 그리하여 이는 내 청춘의 가장 빛나면서도 부끄럽고 내밀한 순간의 거친 슬라이드 필름이다. 이제 당신이 영사기에 걸어 촤라라락! 보아주었으면 한다. 미소 지어도 좋고, 쓴 침을 삼켜도 좋고, 화를 내도 좋다. 왜냐면 이건 내 연애 이야기이기도 하지만, 또한 우리 모두의 연애 이야기이기도 하니까.

그리고 고개를 들어 각자가 간직한 각기 다르고 모두가 특별할 단 한 장면을 떠올린다면 더 바랄 것이 없겠다. 그 장면이 부디 기분 좋은 것이기를. 진심을 믿는 사람들은 그럴 자격이 있다.

책이 나오기까지 도와준 출판사 식구들과 과분한 일러스트를 그려준 공혜진님께 감사를. 잔소리를 덧붙여 가며 변함없이 응원해준 가족들과 친구들, 블로거들, 미투데이 친구들에게도 고마움을. 꽃 같은 나날들을 보내게 해준 나의 옛 남자친구들에게도 특별한 인사를 보내야겠지. 야옹거리며 내 곁을 지켜주는 우리 고양이 무냐와 빠냐에게도, 훌륭한 작업실이 되어준 카페 '종이컵 통신'에도 꾸벅.

그리고 지금, 내가 안녕 하고 손 흔드는 뒷모습을 웃으며 물끄러미 지켜봐주는 G에게도 고맙다는 말을 전한다.

이 책이 서점에 놓일 즈음이면 나는 450일간의 세계 유랑을 떠난다. 새까맣게 탄 얼굴과 튼튼해진 다리를 가지고 돌아온 그때의 나는 사랑할 준비가 되어 있을까.

Biere
Heineken

SOMETHING SPECIAL

cycle 3. 세포 분열기

삼키기 힘든 소주의 비릿함

cycle 4. 세포 소멸기

향이 깊고 텁텁한 와인의 마지막 한모금

cafri
BECK'S
Cass
Fresh
TUSKER

cycle 1. 세포 생성기

알싸하니 첫 맥주 한 모금

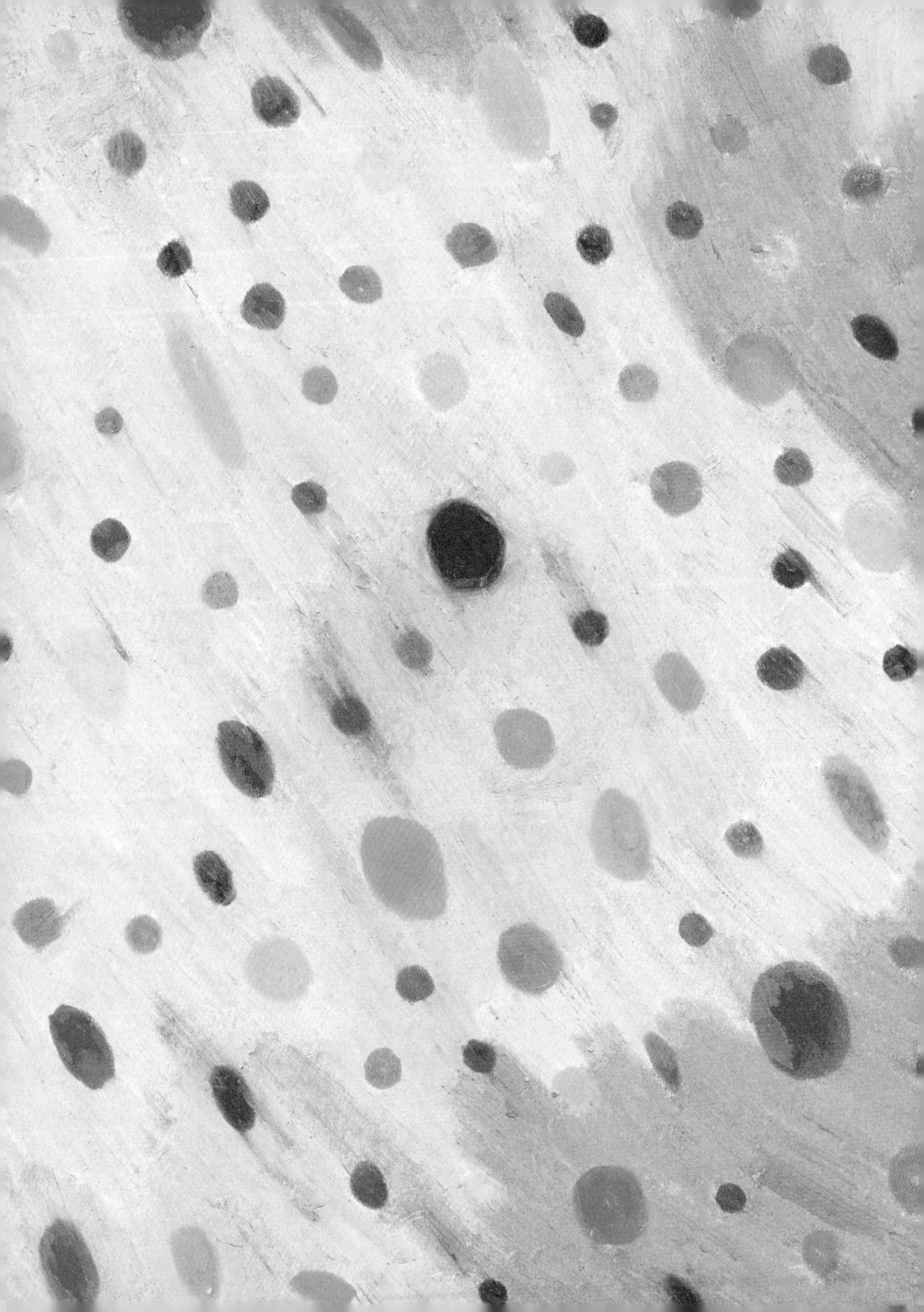

실은, 이걸 어째요

이걸 어째.

그건 그의 말버릇이었다. 좋거나 나쁘거나 당황하거나 놀라거나 그는 늘 "이걸 어째"라고 내뱉곤 했다. 가끔 같이 걸을 때도 먼 산을 바라보며 "이걸 어째"라고 중얼거리곤 했다. 처음엔 그게 못내 신경 쓰였다.

늘 "응?" 하고 얼굴을 올려다보며 물었지만 그는 그저 빙긋이 웃을 뿐이었다. 도대체 뭐라고 해대는 것인지 나는 그의 4차원 정신세계를 의심했다. 하긴, 나에게 물어본들 내가 무슨 답을 들려줄 수 있겠나. 그냥 그렇게 그에게 익숙해졌다.

같이 웃고 떠드는 자리에서 잠깐 고개를 돌리면 그가 나를 보고 있었다. 처음엔 그 눈에 마주 웃어주다 이내 시선을 돌리고는 술잔 뒤에 숨어 어색함을 지웠고, 그게 소용이 없어지자 몇 초간 나도 눈을 맞추며 '무슨 일?' 이라고 궁금한 표정을 내보이기도 했다. 그러나 그는 그저 말없이 나를 보며 혼자 "이걸 어째" 중얼거릴 뿐이었다.

실은…… '이걸 어째' 중얼대는 저음의 목소리가 좋았다. 가운데 '도' 에서 아래로 낮은 '솔' 쯤 될까. 그의 목울대에서는 기분 좋은 파동이 흘러나왔다. 좋은 사람임을 드러내는 눈을 가진 그의 얼굴을 보고 있으면 굳었던 마음이 풀어지며 편안해졌다. 특히 그 눈이 나를 향할 땐 더욱 그랬다. 그 편안함은 늘 손끝이 저릿해지는 느낌으로 시작되었다. 이제 더이상 그의 눈을 피하지 않아도 어색하지 않았다. 한참을 눈 맞추고 있자면 그는 늘 먼저 눈가에 가느다란 주름을 만들며 웃어 보였다. 그럴 때면 남들보다 조금 더 크지만 가지런해 보기 좋은 앞니가 드러났고, 콧수염은 더 넓은 각을 만들었다. 그의 웃는 얼굴은 정말이지 전염성이 있는 그런 종류의 것이었다. 마주보고 같이 웃어주지 않을 수 없었다.

그의 미소는 어느덧 내 망막에 각인되어 섬세한 감성을 가진 표정을 떠올릴 수 있게 되었고, 웃고 장난치는 와중에 스쳤던 손가락의 감촉을 오래 기억하게 되었으며, 그와의 자리는 한 칸 더 가까워졌다. 그리고 그가 먼발치에서 나를 보며 중얼거리는 그 말이 나를 향한 것이 아니라 실은 자기 자신을 향한 혼잣말임을 알게 되기까지는 많은 시간이 걸리지 않았다. 그 어떤 말도 내게 하지 않았지만 그의 태도는 명확했다.

문제는 언제나처럼 나였다. 그에게 한발 한발 가까이 가고 있으면서도 소리나지 않도록 발뒤꿈치를 들고 있었다. 그리하여 나중에 변명거리를 만들 수 있도록. 아직 확신이 없다는 말을 속으로 삼키며 그를 괴롭히고 있었다. 그럼에도 그는 여전히 나를 향해 웃으며 가끔 "이걸 어째" 혼잣말을 중얼거릴 뿐이었다. 다만 웃음 주름은 조금 더 깊어졌고 콧수염의 각은 더 얇아졌다.

특별할 것도 없던 어느 밤, 취기에 한기까지 돌아 붉은 얼굴을 하고 술자리에서 일어섰을 때, 그는 집까지 바래다주겠다고 했다. 아직 가로등이 밝으니 괜찮다며 만류하는 나를 가볍게 무시하고 성큼성큼 앞서 걷는 그의 등을 쫓았다. 어느새 한기가 싹 물러간다.

그의 두 걸음과 나의 세 걸음, 그의 어깨와 내 머리카락이 스친다. 어느새 나의 두 걸음이 그의 두 걸음, 그의 뚜벅 소리와 나의 또각 소리는 동시에 화음을 맞췄고, 그는 그에 맞춰 낮은 노래를 불렀다. 유재하의 노래였나…… 〈사랑하기 때문에〉.

늦은 밤, 피곤에 절은 샤워를 하며 나는 그가 부르던 노래를 따라 불렀다. 얼굴이 확 붉어진다. 혹시나 그가 문 앞에 서 있지는 않을까, 젖은 머리로 살짝 현관문을 열어 보았다. 그가 있을 리 없었다. 빙긋이 웃는 내 입꼬리는 어떤 각을 그렸을까.

선잠에서 깨어난 아침, 기지개를 켜며 생각했다. 그의 혼잣말에 말을 걸고 싶다고. 그리고 그가 나를 바라보며 "이걸 어째"라고 중얼거렸을 때, 나는 기대감 가득한 눈망울과 흔들리는 입꼬리로 묻는다.

"왜 그래요?"
그는 흠칫거릴 순간도 없이 그대로 내달리며 얘기하겠지.
"당신이 좋아서 어쩔 줄 모르겠어요."

손끝이 저릿하며 얼굴이 확 달아오른다. 나도 모르게 중얼거린다.
"이걸 어째요."

tip. 01

시작의.
징후들.

자려고 누웠는데 그 사람이 했던 말이 떠오르는가.

그의 말투와 표정을 따라하고 있는가.

그의 이름이 들리면 귀가 쫑긋 서는가.

갑자기 빙긋 웃게 되는가.

멍하니 그의 몸짓을 보고 있는가.

핸드폰을 자꾸 만지작거리는가.

둘이 함께 있는 풍경을 상상하는가.

결정적으로 그의 마음을 아무래도 모르겠는가.

아이쿠, 당신…… 시작하는구나.

버거를 흘리지 않고 먹는 방법

잔뜩 찌푸린 날이었다.

서늘한 바람에 어깨가 움츠러들고 진 스커트 아래로 드러난 다리에 소름이 돋았다. 점심시간을 14분 지난 시각, 사무실에는 아무도 없었다. 어제 저녁에 접대가 있다며 '컨디션'을 챙기던 사수는 술자리에 질질 끌려 다니다 뻗어버린 것이 분명했고, 나머지 사람들도 외근이니 뭐니 하는 핑계로 일찌감치 나가버렸다. 조용한 사무실에는 티어라이너의 연약한 멜로디와 몰래 피우는 담배연기가 떠돌았다.

배가 고프다. 아침부터 아무것도 넣어주지 않은 입을 위가 꾸짖는다. 지갑과 핸드폰을 챙겨 사무실을 나섰다. 간간이 빗방울이 떨어지긴 했지만 우산을 쓰기는 민망한 '잿빛' 하늘이다. 사원증 겸 출입증을 목에 건 채 혼자일 때 더욱 편한 단골 버거 가게로 들어섰다.

가끔씩 혼자 찾아와 똑같은 메뉴를 주문하는 이상한 아가씨에게 오늘도 점원은 친절한 웃음을 흘린다. 오늘도 역시 '베이컨 오믈렛 버거'와 '빅사이즈 자몽주스'다. 가게에 비치되어 있는 인테리어 잡지를 훑어보며 자몽주스를 한 모금 마시고 김이 모락모락 나는 오믈렛이 들어 있는 버거를 한입 베어 물었다. 머스터드와 케첩이 삐져나오고 아삭한 양상추가 '페브릭 소품 활용법' 페이지에 떨어지고 급기야 핑크색 쿠션에 붉은 얼룩을 남기는 순간.
"이걸 어째."
나도 모르게 새어나온다. 이런 내가 너무 신기하여 피식- 하고 반가운 웃음을 흘린다. 아무래도 마음이 새버리겠다.

고개를 저으며 손가락의 양상추 조각을 떨어내고 입가에 묻은 머스터드를 훔쳐내어 입술로 쪽 하고 빨면서 고개를 들었을 때, 대각선 맞은편에 홀로 버거를 먹고 있는 자그마한 아가씨가 눈에 들어

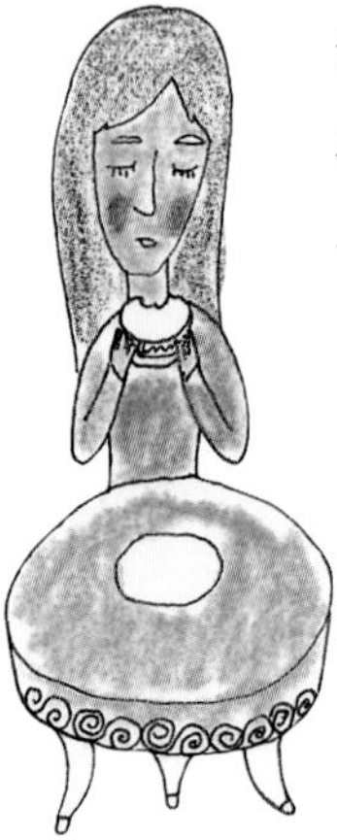

왔다. 분명 나랑 똑같은 메뉴일진대 저 아가씨는 어찌 저리 조신하게, 하나도 흘리지 않고, 예쁘게 먹을 수 있을까. 작게 벌린 입으로 한입 베어 물더니 오물오물 씹는다. 입가에 소스가 묻지 않아 혀를 날름거리지도 않고, 테이블에 떨어진 양상추를 집어내느라 분주할 필요가 없는 손은 가지런히 책장을 넘긴다.

아아, 예쁘다 예뻐. 아가씨에게서 눈을 떼지 못하고 자몽 주스를 마시다가 자몽씨가 목구멍으로 넘어가 잠시 켁켁거렸다. 어여쁜 아가씨가 기침의 주인공을 찾아 눈을 돌렸고 얼굴이 빨개지도록 콜록거리고 있던 나와 눈이 마주쳤다. 들켰을까? 급히 잡지를 보는 척 눈을 내리 깔았으나 나는 못내 부끄러웠다. 아무 일도 없었던 듯 다시 버거를 한입 물었다. 역시나 케첩이 손등으로 미끄러져 내린다. 제길……

결심했다.

아무래도 물어봐야겠다.

더러워진 손을 냅킨으로 싹싹 닦고 남아 있던 자몽 주스를 씨까지 모두 마셨다. 손에서 케첩 냄새가 났으나 애써 무시한다.

"저기요……"

"네?" 놀란 눈이 둥그렇다.

나는 눈을 반달로 만들어 어색한 미소를 지으며, 의자를 드르륵 끌어 아가씨의 맞은편에 앉았다.

"정말 궁금한 게 있어서 그러는데요, 방해가 안 된다면 물어봐도 될까요?"

"저는 도를 안 믿어요."

"저도 안 믿어요."

"아까 잠깐 봤는데 버거를 참 예쁘고 깨끗하게 드시더라고요. 어떻게 하면 그렇게 하나도 흘리지 않고 버거를 예쁘게 먹을 수 있는지 궁금해서요."

나는 최대한 실룩거리는 입 근육을 자제하며, 그저 호기심이 많을 뿐 정상적인 사람임을 어필하려 노력했다. 아가씨는 조금 당황한 듯 내 얼굴을 빤히 쳐다보다가 어이없는 웃음을 날렸다.

시작은 나쁘지 않군.

"그게 별다른 비결이 있는 건 아닌데……"

"혹시 테이블 매너 같은 것을 따로 배우셨나요?"

"아니, 그런 건 아니구요. 조금 주의를 기울이는 것 외에는 없어요."

"아…… 그런가요." 실망으로 처지는 입꼬리를 나는 애써 추켜올렸다. 역시 나는 산만하고 덜렁대는 성격에 중력이 가세하여 양상추를 바닥으로 내모는 것이고, 어여쁜 그녀는 입가와 손끝에 주의를 기울여 떨어지는 양상추를 방어하는 것, 그것이었나. 풀죽은 얼굴로 시간을 뺏어 죄송하다고 말하려는 찰나에 그녀가 말을 이었다.

"실은 이거 비밀인데 나쁜 사람은 아닌 듯 보이니까 말씀드릴게요."
내 두 눈의 반짝임이 그녀가 쥔 콜라 잔에 비친다.
"빨아들이는 거예요. 케첩이랑 머스터드랑 양상추 조각을."
"네? 그게 가능해요?"
"그럼요. 햄버거를 한입 무는 동시에 입을 작게 오므려서 빨아들이는 거예요. 고도의 노력이 필요하죠. 입안 근육도 발달시켜야 하구요. 예전에 좋아했던 사람이 버거를 좋아해서 〈버거킹〉이니 〈맥도널드〉니 하는 곳에서 데이트를 많이 했는데 제가 늘 소스랑 토마토 같은 것을 흘리는 거예요. 그게 너무너무 부끄러웠어요. 그래서 연구했죠. 어떻게 하면 흘리지 않고 예쁘게 먹을 수 있을까. 그때부터 연습했어요. 처음엔 작은 양상추 조각이 목으로 그냥 넘어가서 고생도 많이 했죠. 죽을 뻔했다니까요."

말을 마친 그녀는 버거를 한입 예쁘게 베어 먹으며 아련한 미소를 지었다. 그 시절을 떠올리고 있는 것일까. 아아 어여쁘다, 볼록한 볼에 팬 그녀의 보조개. 고맙다는 인사를 꾸벅 남기고 테이블에서 일어섰다. 어쩐지 안심이 되었다. 날씨도 분명 맑게 개일 것이다. 그를 불러 가벼운 햄버거 데이트라도 할까.

가게 문을 나서는 내 등을 그녀의 작은 목소리가 어루만진다.
"건투를 빌어요"

tip. 02

버거를.
흘리지 않고.
먹는 방법.

줄리아 로버츠처럼 시원스레 커다란 입을 갖지 않았다면 단연코 버거는 잘라달라고 '잘라' 말해야 한다.

잘라진 반달의 한쪽 끝을 야무지게 베어 문다. 흡입 신공을 연마하지 못했다면 떨어지는 양배추를 눈 질끔 감고 넘기는 커다란 배포를 가지길. 버거라면 역시 크게 씩씩하게 입을 벌려 먹는 것이 제일 멋있다. 손에 묻은 소스는 쪽 빨아먹어야 제 맛인 것도 잊지 말자.

첫눈이 오던 그날의 사과

그럼 안녕, 잘 먹고 잘 놀다 간다.

다들 훌쩍 가버리고 방안에 둘만 덩그러니 남았다. 골목을 벗어났던 그가 다시 돌아와 초인종을 누른 것은 집 앞에서 웃으며 손을 흔들던 내 얼굴이 뒤돌아서는 순간 어떻게 변할지 떠올랐기 때문이라는데, 과연 그의 머릿속 내 표정은 어떤 모양이었을까. 혹시 뭉크의 〈절규〉?

당신은 아직 나를 잘 모른다. 내 얼굴에는 〈우스운 실망〉 따위의 제목을 붙일 법한 어설픈 표정이 떠돌았었다. 난장판이 되어버린 방 따위,

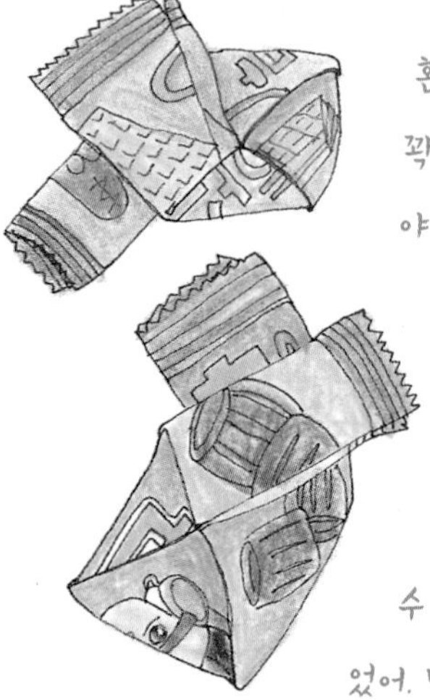

혼자 너끈히 해치울 수 있었지만 간밤 방안을 꽉 채우던 당신의 존재감을 지우려면 어찌해야 할지 알 수가 없어 서성였다. 당신이 친구들 무리에 뒤섞여 현관에서 신발을 찾는 뒷모습을 보는 순간 빈 술병 넘어지듯 내 안에서 덜그럭 소리가 났지. 그래서 되돌아온 초인종 소리에 나는 표정을 수습할 수 없었어. 실망과 기쁨은 오 분 간격으로 바뀌었어. 당신은 알아채지 못했겠지만.

"우렁 총각이 되어주진 못하지만 그래도 방 정리 정도는 도와줄 수 있어요." 특유의 무뚝뚝한, 높낮이 없는 말투로 그가 말했다.
"꽤나 자상하네, 당신." 약간의 거리를 둔 나의 대답.
과장되게 고맙다는 표정을 지어 보일 수도 있었지만, 그랬다간 신나는 웃음을 참을 수 없을 것 같았다. 방안을 쓱 둘러본 그는 크게 한번 휘파람을 불었다.
"나도 한몫하긴 했지만 우리 정말 지저분하게 놀았군"
늘어진 술병을 정리하고 각종 과자봉지를 딱지모양으로 접어서 버리고, 널브러진 휴지들을 정리했다. 그리고는 나란히 싱크대 앞에

서서 술안주가 눌러 붙은 접시들을 닦기 시작했다.
그가 거품 나는 수세미로 접시를 박박 문지르고 나에게 넘겨주면 나는 미지근한 물로 헹궈낸다. 원룸에 딸린 좁은 싱크대는 두 사람을 견뎌내기엔 벅찼다. 거품과 물이 서로에게 튀었다.
"아, 미안해요."
서로의 시선을 피하는 미소로 우리는 1센티 더 가까워졌다. 10리터 쓰레기봉투 두 개를 내다버리는 것으로 지난밤의 흔적은 모두 정리했다.

"조금 쉬었다 가요."
욕실에서 손을 씻고 나오는 그의 팔을 붙잡아 바닥에 앉혔다. 그리고 다음 행동을 찾지 못해 어색하게 두리번거리다 오디오의 삼각 버튼을 눌렀다. 마빈 게이. 부드러운 마빈 아저씨의 목소리를 들으며 나는 사과를 깎기 시작했다. 사과를 반으로 자르고 씨를 도려내고 붉은 껍질을 쓱쓱 벗겨낸다. 그는 벽에 몸을 기대고 손가락을 까딱까딱 하면서 눈을 감고 있었다.

'맘에 든다, 저 자세.'

〈Sexual Healing〉이 흘러나올 때까지 우리는 말없이 사과를 먹었다. 사과를 씹는 소리가 음악에 스며들었다. 입안이 상쾌해진다. 사과는 어쩜 이렇게 멋진 과일일까. 색깔과 맛과 향과 아삭하는 소리까지 모두 좋아하는 것들뿐.

그는 사과즙이 밴 손을 청바지에 쓱쓱 문질렀다. 그 손이 천천히 올라간다. 우리의 눈이 마주쳤을 때, 그는 장난스럽지만 부드럽게 내 머리를 비볐다. 몇 가닥의 머리카락이 그의 손가락에 엉겼다. 다시 눈이 감긴다.

"이만 가볼게, 푹 쉬어요."

그리고 오후에 첫눈이 왔다. 아마도……

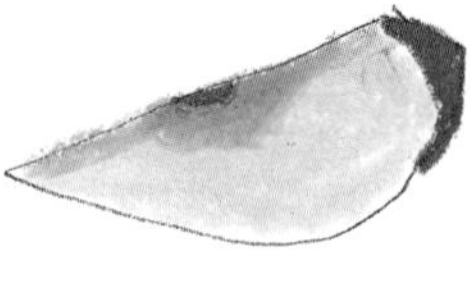

tip. 03

첫눈이 내리는 날,
들어야 해요.

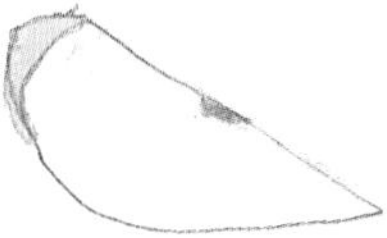

어설프게 내리는 첫눈과 어울리는 것은 사부작사부작 귓가에 내려앉는, 부드러운 청년의 목소리를 가진 노래들이다. 재주소년의 <귤>을 들으면서 귤을 까먹어도 좋고, Jack Johnson의 <banana pancakes>을 들으면서 팬케이크를 구워서 시럽을 듬뿍 찍어먹어도 좋겠구나. 조금 더 감상에 젖어들고 싶다면 Rufus Wainwright의 <cigarette & chocolate milk>를 들으며 손을 까딱까딱 해도 멋질텐데. 실은 여름 한철용 댄스음악만 아니라면 첫눈과는 모든 멜로디가 어울리지.

삭제할 수 없어요

자요?

새벽 1시 32분. 웃음이 터져 나왔다. 그는 이 문자를 보내기 전에 그냥 전화를 걸까 어쩔까 자고 있지는 않을까 혹시 깨우는 건 아닐까 고민했겠지. 핸드폰을 만지작거리는 그의 손에 배었을 땀이 고스란히 전해지는 두 글자였다.

'안 자요'

나는 자고 있지 않았다. 3분 거리에 사는 후배의 집에서 오랜 기간

해외를 떠돌다 돌아온 나의 옛 룸메이트와 재회의 맥주를 마시며 그 동안의 밀린 수다를 떨고 있던 중이었다. 이윽고 전화가 왔다.

"잠깐만……"

나는 후배의 커다란 점퍼를 어깨에 걸치고 핸드폰을 손에 쥔 채 후다닥 현관문 밖으로 나갔다. 슬리퍼 밖으로 삐져나온 맨 발가락 사이에 한기가 파고든다.

"여보세요."

"아니, 이 시간에 안 자고 뭐해요."

그러는 당신은 안 자고 뭐할까나. 친구들과 술 한잔 걸치고 돌아오는 길, 내 생각이 났다고 했다. 그렇게 혼자 돌아오는 길에 기분이 좋기도 하고 쓸쓸하기도 해서 이야기가 하고 싶었다고.

나는 후배 집 앞에 쭈그리고 앉아 그의 좋기도 하고 쓸쓸하기도 한 이야기를 들었다. 늦은 밤의 이 동네는 어찌나 고즈넉한지 그의 목소리와 내 숨소리만이 울림을 가진다. 나는 취기가 묻어나는 그의 말끝에 웃음과 '응' 하는 대답으로 추임새를 넣었다. 길지도 짧지도 않은 십오 분여의 통화 말미에 그는 잘 자라는 인사를 했고, 나는 그게 못내 아쉬워서 인사 대신 내 이야기를 했다. "나, 자다가도 전화 잘 받아요, 소리에 민감한 편이라. 그러니까 늦은 밤에 전화해도 괜찮아요."

그는 말이 없었지만 나는 그가 고개를 끄덕이며 빙긋이 웃는 모습을 상상할 수 있었다. 서로 전화를 먼저 끊지 못해 머뭇거리다 결국은 내가 잘 자라는 뒤늦은 인사를 건네고 핸드폰을 닫았다. 접은 다리를 펴고 일어났을 때 이미 발가락은 꽁꽁 얼어 발을 떼기가 힘들었다. 다만 우리들이 주고받은 움직임을 증명하듯 핸드폰만이 온기를 품었다.

김빠진 맥주가 기다리는 방으로 돌아가자 두 후배는 이 시간에 전화하는 사람이 누구냐며 의미심장한 웃음을 흘렸다. 아하하하 어설픈 웃음으로 화제를 돌렸지만 나는 다시 대화에 빠져들지 못했다.

정말, 그는 내게 누구일까.

새벽이 되어서야 술자리는 잦아들었고, 나는 입김을 허옇게 뿜어내며 3분을 걸어 집으로 돌아왔다. 침대

에 누워 내일을 위한 알람을 맞추다 문자메시지함을 열어본다. 남은 저장 공간이 얼마 없단다. 일과 관련한 문자들과 친구들과 주고받은 시시한 수다들을 지운다. 그리고 맨 위에 남은 그의 '자요?'

나는 삭제버튼을 누르지 못했다. 단 두 글자뿐이었지만 그 빙산 같은 두 글자를 두고두고 열어보고 싶었다. 메시지함에는 그가 한 달 전에 보낸 문자들까지 고스란히 쌓여 있었다. 내가 이 메시지를 받고 어떻게 웃었는지까지 기억이 나는 걸 어떻게 지우겠어요.

'당신은 누구세요?'
어쩌면 당신은 삭제할 수 없는 사람.

tip. 04

핸드폰.
안절부절.
증후군.

21세기 현대 문명 속에서 살아가고 있는 연인들이 연애 초기에 흔히 앓는 질병이다. 가계문명에 종속된 인류가 어쩌고저쩌고 거창하게 설명할 수도 있지만 이건 '우체부아저씨기다림 증후군'과 그 다음 세대의 '집전화순간캐치 증후군'의 진화라 볼 수 있다.

그에게 전화가 올까 안 올까 안절부절 손에서 핸드폰을 놓지 못하고, 자고 있을 때면 누가 업어 가도 모를 사람이 문자 알림 소리에 잠이 번쩍 깨며, 심지어 핸드폰을 욕실까지 들고 가는 증상을 보인다면 당신도 이 핸드폰 안절부절 증후군에 걸린 것이다.

가끔은 크리스마스의 기적

크리스마스 연휴 동안 컴퓨터는 아예 쳐다보지도 않으리라 마음먹었다. 그저 쉬고 싶었고, 그저 즐겁게 휴일을 즐길 생각이었다. 금요일 광고주와의 저녁 식사 자리를 마치고 몇몇이 술 한잔을 더 했다. 취기가 적당히 오른 얼굴로 잘 잡히지 않는 택시를 어렵사리 잡아타고 집에 돌아왔다. 택시 안에서 메리 크리스마스 인사를 날린다.

'그래요. 다들 즐겁게, 그렇게 휴일 보내요. 저도 그럴 생각이니까.'

토요일은 두 편의 영화를 봤다. 광화문으로 가는 버스 안에서 핸드폰에 저장된 전화번호 목록을 따라 또 열심히 메리 크리스마스 인사를 전송한다. 신나게 달리던 손가락이 하나의 이름 앞에 멈춰 섰다. 어색하다. '즐거운'을 네 번쯤 쓰고 지웠다가 종료 버튼을 세 번쯤 눌렀다가 결국은 온전한 한 문장을 만들어 전송버튼을 누른다. 메시지는 날개를 달고 날아가고 있었다. 후회가 섬광처럼 스쳤다가 이내 체념이 어깨 위에 내려앉는다. 5분 후 도착한 '띠링~' 하는 울림. 그의 이름을 확인한다. 찾아오는 안도감.

크리스마스 이브, 찬장을 열어 주섬주섬 간단한 점심을 만들어 먹고 3주간의 야근으로 너저분해진 집안을 정리하기 시작한다. 열어놓은 창문으로 차가운 공기가 밀려드는 방안, 나는 그대로 뜨끈뜨끈한 방바닥에 누웠다. 방금 청소한 집안 구석구석 고양이들은 기운차게 털을 흘리고 다닌다. 역시 털들은 내 운명인가. 내가 죽어서 배를 가르면 고양이털만 엄청나게 쌓여 있을 거야, 솜 인형처럼. 그런 상상으로 머리를 채우고 있을 때 전화기가 부르르 떨며 나를 부른다. 그 이름이다. 조금 놀라고, 조금 더 많이 기뻤다.

'약속…… 당연히 있나?' 라고 묻는 그 목소리에 나는 당연히 없다고 대답한다.

'그럼 나랑 놀까?'

'그래요, 기꺼이.'

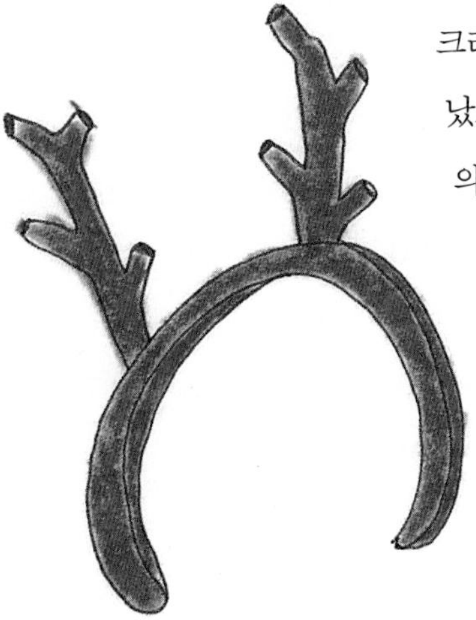

크리스마스 이브의 홍대 거리는 인파로 넘쳐났고 나는 그 인파의 섬에 오도카니 서서 그의 얼굴을 찾고 있었다. 어느새 옆에 와 선 것을 모르고.

"어머, 수염 깎아버렸네."

이미 예약이 꽉 차버린 레스토랑을 뒤로하고 대신 작은 태국음식점에서 홍대 거리를 내다보며 매

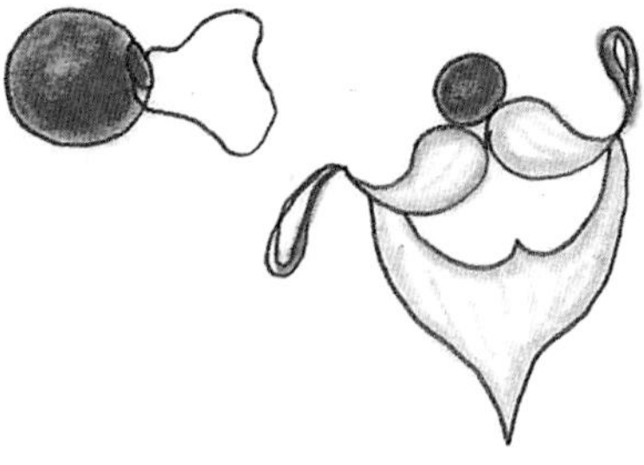

운 커리를 먹었다. 매끈한 얼굴의 그와 나란히 앉아 먹는 저녁식사가 조금은 머슬머슬하여 나는 커리를 다 먹지 못했다.

"술 마실까?"

단골 술집으로 이끈다. 와인 한 병과 치즈 크래커를 주문하고, 와인 한 병이 다 비고 맥주 두 잔을 더 비울 때까지 우리는 계속해서 이야기를 했다. 이야기는 끝도 없이 이어졌고 허리 아프게 웃을 정도로 유쾌했다.

이제까지 그에 대해 가지고 있던 인상은 '정말 재미있는 사람' 이었는데, 끝도 없이 이어지는 그 네버엔딩 스토리 안에서 새롭게 발견한 그는 인생경험이 많은 어른이자 앞을 향해 나아갈줄 아는, 재미있는 남자였다. 그런 그가 난데없이 지금 몇 시일 것 같냐고 묻는다. 우리는 간단한 내기를 한다.

"현금 걸까?"

"어, 나 현금 없는데."

"그럼 카드 걸까? 사흘 동안 맡겨두기."

"아니. 그냥 서로 원하는 걸 들어주기로 하죠."

"좋아. 나는 열시 반."

"그럼 나는 아홉시 반."

가방에 처박아둔 핸드폰을 주섬주섬 꺼내 폴더를 열어젖힌다. 화면에 '10:17' 숫자가 하얗게 떴다. 언제 시간이 이렇게 지나버린 거냐며 아쉬운 표정을 짓는 그에게 나는 도대체 뭘 원해야 하는 걸까.
솔직하게 말하자면 존 트라볼타처럼 갈라진 네 턱을 한번 만져도 되냐고 묻고 싶었지만, 차마 그 말은 하지 못했다.

"그렇다면…… 아직 파트너를 구하지 못한 연극공연에 에스코트 해줄래요?"
"그런 거라면 부탁도 아닌데……"라며 웃는 그의 모습이 무척 맘에 들었다. 몰랐는데 웃으면 입이 참 시원스레 퍼지는구나.

시간은 어느새 도둑맞은 것처럼 새벽 두시를 넘어 세시에 가까워지고 있었다. 무려 여덟 시간을 떠들어댔지만 아직 할 이야기들은 잔뜩 남아 있었다. 그러나 그건 나중을 위해 남겨두기로 한다. 이제는 사람이 한결 줄어든 거리를 나란히 걷는다. 훈훈한 실내에서

만 있어서인지 밤공기가 유독 쌀쌀하다.

"어, 춥네." 그는 어깨를 움츠렸고, 나는 살짝 그의 팔에 내 팔을 걸쳤다. 그의 팔 사이로 삐죽이 나온 내 손을 바라보던 그는 근데 그러고 있으면 당신 손이 차가우니까라며 내 손을 잡아 자신의 주머니에 넣는다. 이상하리만치 자연스럽다. 어쩌면…… 크리스마스니까. 아니 어쩌면 둘 모두 자연스럽게 이 풍경을 머릿속에 그리고 있었는지도 모르겠다.

집이 가까웠다.
"다 왔어요."
"어, 벌써?"
"그럼 조심해서 가요."
"응."
머뭇거리면서 우리는 살짝 포옹했다. 두터운 코트 안쪽으로 그의 긴장한 어깨가 느껴진다. 안았던 팔을 풀고도 쉽게 걸음을 떼지 못한다. 그가 작은 목소리로 말한다.
"아까 원한다고 했던 것, 바꿔주면 안 될까?"

고개를 들어 얼굴을 본다. 고개를 끄덕이는 대신 눈으로 웃었다. 크리스마스의 기적은 없었다. 눈도 내리지 않았고 산타도 나타나지 않았다.

다만 Love Actually.

tip. 05

첫. 포옹.

첫 포옹은 몸이 살짝 굽어 있어야 한다고 생각한다. 오랜만에 만난 친구와의 포옹처럼 자연스러워서도, 오랜 연인과의 포옹처럼 너무 밀착되어서도 안 되는 그런 포옹. 긴장된 어깨와 어디에 손을 대야할지 모르는 머뭇거림과 살짝 뒤로 빠진 엉덩이.

조심스럽게 몸을 맞대는 그 순간에는 눈을 꼭 감자. 심장이 어떻게 뛰는지 귀 기울여야 하니까. 때론 소리로 포옹이 기억되기도 하는 법이다.

내 이름을 불러주기까지

이름 예쁘다.

나에게는 지나치게 커다란 빨간 가방을 대신 들어주겠다고 한 그가 손잡이 옆에서 달랑달랑 흔들리던 곰돌이 이름표를 들춰보더니 새삼스럽게 말했다.

"어, 정말? 나는 단 한 번도 그렇게 생각해본 적 없는데…… 실은 소녀시절 갖고 싶던 이름이 있었어"로 시작하는 이야기를 홍대 앞 좁은 길을 따라 걸으며 풀어놓았다. 중간 중간 예쁜 옷가게를 발견하면 잠시 멈추기도 하면서. 그럴 때마다 그는 꼭 너 같은 옷만 좋아한다고 피식 웃었지.

'혜우' '린하' '예인'. 갖고 싶은 이름이었다. 그러나 책상이 자신의 의지와 상관없이 책상인 것처럼 내 이름은 내 의지와는 상관없이 '수진'이었다. 글을 쓰는 일을 하며 살 것이라 굳게 믿었던 그때, 언젠가 소설을 쓰게 되면 그 이름들을 주인공의 이름으로 붙여주려고 고이 간직해 두었다.

여성스럽고 예술적 감수성이 넘치는 이름이었으면 했다. 특별히 내 이름에 불만이 있는 건 아니었다. 다만 한 반에 수진이란 이름이 디폴트로 세 명이었다는 사실은 그리 유쾌하지 못했다. '수진'은 70년대 후반을 강타했던 유행성 이름이었나봐.

그러나 언령言靈이라고 했던가. 나는 점점 '수진'스러운 애로 자라났다. 명랑하고 쾌활하니 팔짝팔짝 뛰어다니고, 웃을 때면 콧잔등을 찡그리며 몸이 뒤로 휘어져라 웃어서 주변 사람들을 부끄럽게 만드는 사람. 그러고 보면 태어나서 부여받는 이름을 진짜 자기 이름으로 만드는 데 적어도 열일곱 해는 걸리는 게 아닐까. 이름을 들었을 때, 그 사람의 분위기와 얼굴과 느낌이 하나로 완성되어 온

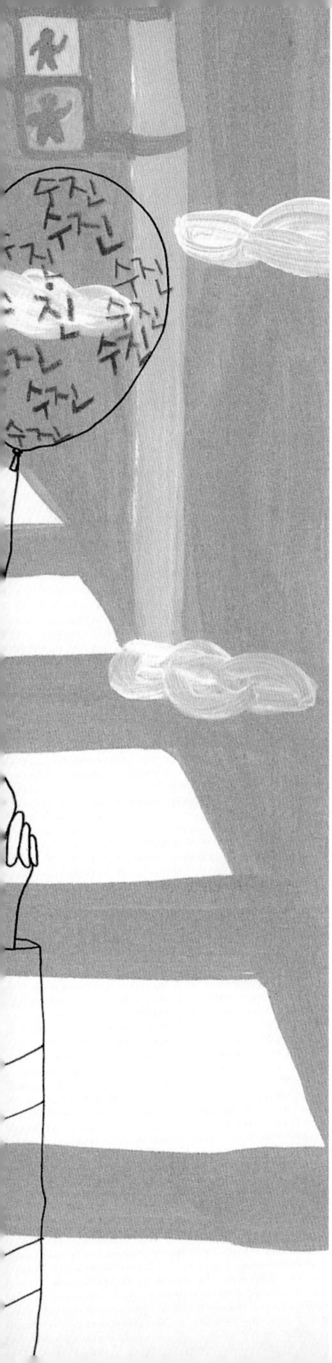

전한 고유명사가 되기까지는 그 정도의 시간이 필요한 것 같다.

"내가 '예인' 이란 이름을 가졌다면 조금은 달라졌을지도 모르지. 어쨌든 지금 나는 딱 내 이름 그대로인 것 같아" 까지 이야기 했을 때, 우리는 홍대 정문 앞 횡단보도였다. 고개를 끄덕이며 가만히 들어주던 그가 나를 물끄러미 바라보며 이야기한다.

"그래서 네가 좋아. 네가 수진이라서."

신호등이 파란색으로 바뀌었지만 내 얼굴은 일단 멈춤의 붉은색. 그가 내 팔을 잡아끌었다. "수진아, 안 가고 뭐해" 하면서.

이른 봄의 덜 익은 햇볕과 함께 내 이

름이 귓바퀴에 팔랑팔랑 내려앉던 그 순간, 나는 내 이름이 낯설면서도 정말로 예쁘다고 생각했다. 너무 예뻐서 여러 번 계속해서 듣고 싶었다, 그 낮고 좋은 목소리로.

이내 나다운 폴짝거림으로 뛰어가 그의 손을 잡는다. 그는 당황하지도 어색해하지도 않았다. 대신 손에 꼬옥 힘을 주었다. 나도 그의 이름을 불러본다. 입이 살짝 벌어져 꽃가루가 혀에 닿는 그의 이름을.

tip. 06

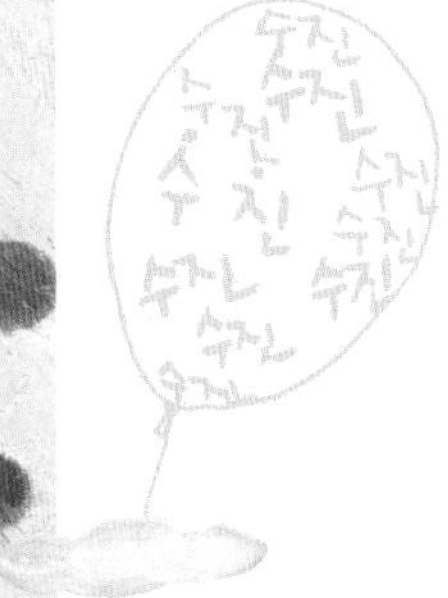

이름.
단 하나의.
고유명사.

그만의 목소리로 공기 중에 퍼지는 내 이름은 세상에서 단 하나뿐인 고유명사. 서로 불러주는 이름 속에서 우리는 관계를 얻는다. 그 사람이 다른 누구도 아닌 나를 좋아한다는 징표, 내 이름. '좋아해'는 흔하지만 '수진아, 좋아해'는 단 하나이지 않은가.

이름을 불러주세요, 애정을 듬뿍 담아서. 마법의 주문은 아니겠지만 가장 사랑스러운 나를 만들어주는 세상에서 단 하나뿐인 이름. 당신이 조금은 더 자랑스러워질지도 모르겠다.

커피와 담배, 그리고 고등학생

아아, 정말 미치겠네.

좀처럼 흡족하게 뽑아지지 않는 헤드라인 카피 때문에 허여멀건 문서 창만 다섯 시간째 바라보고 있는 중이었다. 그는 나 아닌 다른 이와 데이트를 하고 있을 터였다. "야근해요" 했더니 "아, 나도 오늘 여자후배와 약속이 있어요" 라나 뭐라나.

결국 소심한 내가 할 수 있는 건 명랑한 척 문자 메시지를 보낸 후 예쁘고 귀여울지도 모르는 후배와의 시간을 흔들어 얼마 만에 답장이 오는지 시간을 재는 것, 그리고 진한 커피를 종이컵 한가득

담아 담배 한 대를 무는 것뿐이었다.

금연빌딩의 유일한 흡연 장소인 3층 베란다는 이미 다른 야근자들이 점령했다. 살짝 내려다보니 빨간 불빛들이 파란 연기 속에 다섯 개나 아른거린다. 아예 건물의 1층으로 내려간다. 가로등불이 제일 선명한 시각인 밤 열한시. 이럴 때는 부자 동네의 한가운데, 조용한 골목길에 있는 회사가 고맙게 느껴진다. 인적도 없고, 간간이 지나다니던 고급 외제차도 보이지 않는다. 편의점 불빛만이 허옇게 살아 발밑을 비춘다.

건물 입구 계단에 걸터앉으니 반들반들하게 닦인 돌의 차가운 기운이 엉치등뼈 근처까지 올라온다. 커피를 한 모금 마시고 담배를 물어 불을 붙였다. 두 모금을 빨고 후우 하고 뱉은 연기가 허공으로 사라지는 것을 보며 그는 과연 그 여자후배를 집까지 바래다줄까 멍하니 생각했다. 그리고 다시 한 모금 빨았을 때 골목을 가로지르는 발자국 소리가 들렸다.

가지런히 교복을 입은 커다란 고등학생이 건물 앞에서 나를 보고 있다. 이 시각의 고등학생은 뭐랄까, 술 취해 비틀거리며 다가오는 중년의 취객과 컹컹거리는 커다란 개 중간쯤의 두려움을 준다. 그냥 지나가려니…… 눈길을 내 운동화 끝으로 떨어뜨렸지만 발자국 소리는 여전히 '멈춤' 그대로다. 고개를 드니 나에게 말을 건넨다.

"저도 한 대만……"
"맨솔인데?"
"괜찮아요."

이 얼마나 간결한가. 어른의 세계와는 사뭇 다르다. 쓸데없는 인사와 습관적 머뭇거림과 명랑을 가장한 초조함 따위는 찾아보기 힘들다. 내 옆에 한 사람 분량의 공간을 남겨놓고 고등학생은 계단에 앉았다. 그의 다리는 내 것보다 길어서 한 계단 아래에 안착했다. 녀석은 내가 내민 담배 한 개비를 입에 물고 주머니에서 라이터를 꺼내 능숙하게 불을 붙이고는 성급하게 담배를 빨았다. 쑤욱 잘도 타 들어간다.

"불만 있네."

내 실없는 농에 웃어주리라 기대한 것은 아니었지만 그는 3초의 뜸을 들이고 킥킥대기 시작했다. 나는 조금 기분이 좋아졌다. 고등학생 이마에 은하수처럼 퍼진 여드름이 오렌지 빛 가로등을 받아 반짝인다.

"이 시간에 뭐하세요?"

"응? 일."

"와아 나쁜 회사네."

솔직하다. 야근하는 회사 나쁜 회사.

"뭐, 남의 돈 받기가 그리 쉬운가. 그러는 그쪽은?"

"아 뭐, 여자친구 집에 데려다 주고 설렁설렁 걸어서 집에 가던 길이었어요."

"그렇구나. 데려다 주다니 착하네."

"안 그럼 삐쳐요."

아아, 그렇구나. 어린 연애에서는 집에 바래다주지 않는다는 이유로 토라져도 되는구나. 그가 데려다 주는 골목길이 나는 너무도 황송하고 미안할 뿐이었는데…… 나도 고등학교 때 연애 좀 할 걸 그렸다. 후루룩 살짝 식은 커피를 들이키며 잠깐 생각한다.
"누나는 우리 선생님 닮았어요."
크륵 뿜어져 나올 뻔한 커피를 삼키며 나는 애써 태연하게 말했다.
"선생님이 꽤 귀여우신가 보다."

아, 실수인가. 녀석은 나를 어이없다는 눈으로 빤히 쳐다봤다. 무표정한 얼굴로, "재미있는 누나네요"라고 말하니 더욱 무섭다. 거의 필터 끝까지 말려들어간 빨간 불빛이 침묵 사이를 밝힌다. 계단 아래로 꽁초를 휙 던진 고등학생은 엉덩이를 툭툭 털며 일어선다.

"담배 고맙습니다."
"응, 그래."

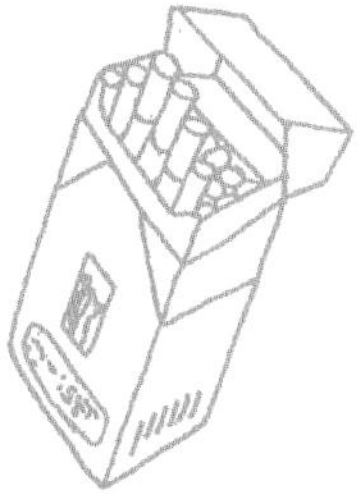

두 계단 내려서던 고등학생이 뒤를 돌아보며 얘기한다.
"선생님하고 맞담배 한번 피워보고 싶었어요."
나도 엉덩이를 툭툭 털고 일어선다.
"나도 고등학생하고 심야데이트 해보고 싶었어."
씨익 웃는 가지런한 이가 여드름과 함께 빛난다. 고등학생은 골목길 언덕 너머 고교생다운 발걸음으로 사라졌다. 힘차지만 어딘가 실룩거리는 그런 걸음으로.

나는 종이컵의 커피를 모두 마시고, 남은 커피에 꽁초를 빠뜨려 껐다. 엘리베이터의 버튼을 누르고 주머니에서 핸드폰을 꺼내어 '어쩌다보니 고등학생이랑 데이트를 했어요' 라는 문자를 한자 한자 꾹꾹 눌러 보낸다. 엘리베이터 문이 다시 열리기도 전에 주머니가 부르르 떨린다.

'그럼 그렇지.'

입가에 빙긋이 웃음을 물고 사무실 책상에 앉아 빈 문서를 한가득 채웠다. 서른네 개의 헤드라인 카피를 쓰고, 저장을 누른다.

과연, 커피와 담배 그리고 고등학생.

그가 나를 데리러 왔다.

다방 커피의. 전설.

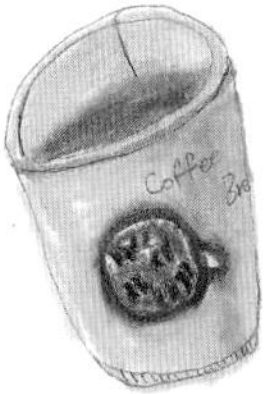

100원짜리 마법이다. 종이컵에 녹인 커피믹스란. 사람마다 입맛은 다 제각각이지만 여기 믿거나 말거나 전설의 다방커피 제조법이 전해온다. 커피, 프림, 설탕이 차례차례 구분되어 있는 요즘 커피 믹스. 설탕 쪽의 끝을 살짝 잡고 종이컵에 붓는다. 대신 설탕을 탈탈 털지 말자. 그리고 뜨거운 물을 종이컵의 7홉만 붓는다. 젓는다. 동그랗게 말고 W자를 그리면서. 그래야 브라운 운동이 커져서 어쩌고저쩌고. 그리고 외운다. 녹아라녹아라녹아라. 전설의 다방 커피가 완성된다. 흡연자일 경우 담배가 곁들여지면 베스트. 커피 자국이 남은 종이컵은 세상에서 가장 완벽한 재떨이.

두드러기

아, 그 인간은 정말 싫어. 너무 싫어서 온몸에 두드러기가 난다니까!

내가 이렇게 투덜대며 아이스커피 잔을 탈탈 털어 얼음 하나와 새로 온 부장을 와그작와그작 씹고 있자니 건너편 테이블에 앉은 여자가 뚫어져라 나를 쳐다본다. 무척이나 가냘픈 몸매에 또 무척이나 하얀 얼굴, 자칫 병약해 보일 수도 있는 인상이었다. 게다가 눈은 왜 그렇게 큰지. 그 커다란 눈으로 내게 시선을 고정하고 있는 그녀의 얼굴은 인적 없는 사막 한가운데서 세 시간을 내리 걷다 드디어 히치하이킹에 성공한 여행자에게서나 볼 수 있는 흥분에 달뜬 표정이었다.

나는 몸을 낮추고 내 옆의 동료에게 소곤거렸다.
"야, 저기 좀 봐. 저 여자애가 자꾸 나를 쳐다봐. 내가 뭐 이상한 짓 했나? 아님 나한테 반했나?"
아니면 뭔가 인체 오라 같은 것을 보는 심령여인네? 혹시 내 등뒤에 커다란 역마살이 붙어 있는 걸 보아버린 것일까.

실없는 농담에 킥킥대는 사이 그녀는 내 등뒤로 소리 없이 다가와 있다. 섬뜩한 기분이 들어 조금은 놀란 눈으로 그녀를 올려다보니 그녀 역시 당황한 기색이 역력하다.

"무슨 하실 말씀이라도…… 제가 무슨 실례를 했나요?"
"아니요, 그런 게 아니고요. 저기……저……좀…… 얘기를 나누고 싶은데요." 그녀는 옆자리 내 동료를 흘끗거리며 가늘고 여린 목소리로 말했다. 목소리가 너무 작아 카페의 음악소리에 묻혀 흔적도 없이 사라져버렸다. 이 여자애의 정체는 도대체 뭘까.

"저기……진짜세요?"
"네? 뭐가요?"
"아까 우연히 하시는 말씀을 들었어요. 사람이 싫어서 몸에 두드러기가 난다고."

아니, 이건 또 무슨 자다가 발바닥 긁는 소리란 말인가.

"네? 그건 그냥 두드러기가 날 정도로 싫다는 얘기죠."

"아, 아……그러니까 정말 두드러기가 나는 건 아니고요?"

"그건 그냥 비유죠. 메-타-포."

나는 이 이상한 애를 얼른 떼어내야겠다 싶어 일부러 비웃듯 천천히, 재수 없게, 말했다. 여자의 얼굴에는 실망의 빛이 스쳐간다. 아니 실망의 어둠이 몰려와 머문다. 그렇게 하얗던 얼굴에 금세 먹구름이 끼었다. 그 급격한 날씨변화를 보고 있자니 미안한 마음이 들었다.

"아니, 너무 실망하지 마시고요. 혹시 그게 무슨 중요한 일이라도 되나요?" 나는 한껏 다정한 기운을 불어넣어 물었다.

카페의 음악소리 사이로 정적이 파고들었다. 그저 가만히 테이블 위의 설탕 그릇만 바라보던 그녀가 금방이라도 눈물이 떨어질 것 같은 눈으로 나를 바라보며 입을 떼었다.

"저는 두드러기가 나요."

내 미간에 잡히는 주름만큼 이어지는 침묵.

"저는 알레르기가 있어요. 싫은 사람 알레르기요. 어릴 적부터 그랬어요. 싫은 사람이랑 같이 있으면 온몸에 발진이 나요. 얼굴에 빨갛게 두드러기가 생겨서 얼마나 곤란한지 몰라요. 몇 번이나 병원도 가보고, 정신과 상담도 받아봤지만 의사들도 고개를 저을 뿐이에요. 부모님도 이제 포기하셨어요. 대학교 3학년인데 아직까지 연애 한 번 못 해봤어요. 고비가 와서 이 남자가 조금이라도 싫어지면 바로 두드러기가 날 텐데, 연애가 제대로 되겠어요? 싫은 감정이 온몸으로 그렇게 드러나니까 사람들도 이제 저를 피하는 것 같고요, 친구들도 너무 조심스럽게 대해서 오히려 불편해지고요. 지푸라기라도 잡는 심정으로 인터넷에 '싫은 사람 알레르기'에 대해 아는 분 있냐고 물어봐도 다들 '초딩은 물러가라' 그러면서 악플만 잔뜩 달고. 그래서 정말 나만 왜 이렇게 태어난 건지 매일같이 원망하며 살았어요. 근데 아까 싫어서 두드러기가 난다고 얘기하는 소리가 들리지 않겠어요. 그래서 혹시나 나랑 같은 증상인가 해서 실례를 무릅쓰고 물어본 거예요. 저 이상한 애 아니에요. 아니…… 이상하긴 하지만."

'싫은 사람 알레르기'를 앓고 있는 여자는 숨도 안 쉬고 자신의 이야기를 쏟아냈다. 낯선 이에게 이런 이야기를 털어놓는 것이 부끄러운지 나를 똑바로 쳐다보지 못하고 옷깃만 만지작거리는 모습이

못내 안쓰러웠다. 왜 이런 이야기를 내게 하는지 조금은 의아했지만 이내 고개를 끄덕였다. '하긴, 이런 이야기를 친한 사람에게 털어놓을 수는 없을 테지. 몸에 두드러기가 날 때마다 나를 싫어하는구나 짐작하고 멀어질 게 뻔한 걸.'

〈해외토픽〉이나 〈세상에 이런 일이〉류의 프로그램을 통해서 별의별 사람들을 다 봐왔지만 '싫은 사람 알레르기' 라니.

그녀가 너무 측은하게 느껴졌다. 직장이란 곳은 언제나 미친개가 하나 이상은 상주하는 공간이니 매일같이 두드러기가 나고 발진으로 병원에 실려갈 텐데 직장 생활은 무리일 거다.

연애도 그렇다. 몇 날 밤을 지새운 끝에 사랑이 식었다는 힘겨운 이야기를 꺼내는 대신 온몸에 두드러기가 난 흉한 모습으로 나를 기억하며 떠나게 될 거라면 연애 따위 시작하고 싶지 않을 것이다.

"저기, 뭐라 위로할 말이 없네요. 이상한 사람 취급한 거 미안해요. 얼마나 힘들지 상상도 안 되지만 그래도 도움이 된다면 친구할래요? 혹시나 그냥 뭔가 털어놓고 싶은 일이 생기면 연락해요. 임금님 귀는 당나귀 귀, 그런 거 있잖아요."

나는 순간적으로 그녀의 감정에 이입되어 내가 무슨 짓을 하는지도 모르는 채 그녀 쪽으로 명함을 내밀었다. 명함을 집어 들고 고개를 끄덕이는 그녀의 입끝이 약간 흔들린다. 두드러기가 안 나서 다행이다.

그것이 벌써 일 년 전의 일이다.
그리고 오늘, 나는 한 통의 메일을 받았다.

저, 기억하실지 모르겠습니다.
일 년하고도 조금 더 오래 전 어느 카페에서 만났던 '싫은 사람 알레르기'를 앓고 있는 사람입니다. 이렇게 얘기하면 기억나시겠지요?
건강하신가요? 저는 그럭저럭 잘 살고 있습니다. 아니, 그때보다 더 잘 살고 있습니다. 한 가지 소식을 알려드리고 싶어 이렇게 메일 띄웁니다.
저, 연애를 시작했습니다. 같은 과 친구입니다. 졸업할 때가 되어 생각해보니 그 친구와 같이 있을 때는 한 번도 두드러기가 난 적이 없더군요. 게다가 그 친구는 제 증상을 알면서도 괜찮다고 해주었습니다. 괜찮다는 이야기를 들으니 정말 괜찮아지는 기분이었습니다. 그 친구와 함께라면 정말 괜찮을 것 같아 용기를 냈습니다. 시작은 용기였지만, 지금은 정말 사랑하고 있습니다.
물론 요즘도 가끔 두드러기가 납니다. 최근에는 졸업사진을 찍다가 사진사 아저씨가 너무 느끼하게 굴어서 낭패를 봤습니다. 예쁘게 화장하고 머리까지 손질했는데 결국 그날 촬영을 못하고 말았죠.
어쩌겠습니까, 그게 제 인생인 것을. 그냥 좋은 사람, 사랑하는 사람하고만 붙어살아야하는 운명이니 오히려 잘 되었다고 생각하기로 했습니다. 날이 습한데 건강 조심하세요.
그럼, 이만……

나는 조용히 그 메일을 닫았다. 답장은 하지 않았다. 대신 새 메일창을 열어 이제 막 내 손을 잡기 시작한 그에게 편지를 쓰기 시작했다.

우리는 모두 좋아하는 사람에게 알레르기 증상이 있는 건 아닐까 생각했어요. 손끝이 스쳤을 뿐인데도 갑자기 심장이 뛰고 얼굴이 붉어지고 발끝이 저려오는 것이, 나는 아무래도 당신에게 알레르기가 있는 것 같은데…… 당신도 그래요?

tip. 08

마음.
알레르기.

김 박사 : 증상이 어떤가요?

나 : 가슴이 시도 때도 없이 두근두근거리고요. 술도 안 마셨는데 얼굴이 붉어지고 달아오르고 손끝도 막 저릿저릿한 것이 혈액 순환도 안 되는 것 같아요. 마치 우리 엄마 갱년기 증상 같다니까요.

김 박사 : 아, 아직 갱년기가 되려면 한참 멀었으니 걱정마세요. 그냥 알레르기 증상일 뿐이에요. 이건 호르몬이 미쳐서 일어나는 증상입니다. 세상사람 누구나 한 번 이상은 겪는 알레르기예요. 특정인에게 품는 마음에 몸이 반응하는 거죠. 그렇다고 일부러 그 사람을 피하면 오히려 증상이 악화될 수 있습니다. 상사병으로 심화되기도 하는데 이건 치료법도 없어요. 그냥 자연스런 현상이라 생각하시고 마음이 흐르는 대로 두세요. 알레르기를 완화하려면 두 단계의 치료가 필요합니다. 첫 번째 단계는 알레르기를 전염시키는 거예요. 이미 같이 앓고 있다면 굳이 애쓸 필요도 없겠네요. 감기 옮기면 낫는다는 말 들어본 적 있죠? 그거랑 비슷

해요. 그리고 두 번째는 약물치료입니다. '시간이 약'이라고 들어본 적 있어요? 같은 증상을 가진 두 사람이 서로 오랜 시간 같이 보내면 알레르기 증상이 서서히 잦아들고 매우 평온하고 안정적인 상태로 돌입하는 거죠. 그냥 즐기세요. 이 알레르기, 인생에 몇 번 찾아오지 않는 특별한 증상이니까 그대로 두셔도 됩니다.

나 : 와, 그렇군요. 근데 부작용 같은 건 없을까요?

김 박사 : 조급함. 그것만 조심하면 괜찮아요. 가끔 멍-한 상태가 되기도 하는데 자연스런 증상입니다.

나 : 박사님, 고맙습니다. 안심하고 이만 가볼게요.

김 박사 : 네, 행운을 빌어요.

박사님의 방을 나서며 살짝 돌아 보았더니, 김 박사님은 '청춘은 좋구나'라고 중얼거리며 추억에 잠긴 얼굴을 하고 있었다.

혹시나 하여 뒤를 돌아보니 네가 손을 흔들고 있었다

연애의 시작은 애매모호하다. 사랑의 시작은 오리무중이다.

'언제부터 연애가 시작된 거야' 라는 이제 막 시작하는 연인들에게 쉽게 던지는 질투 섞인 추궁에 직면하면 나는 대개는 '첫눈이 내리던 즈음' 이라거나 '코끝이 빨개지던 무렵' 하는 식으로 어물쩍 넘어가곤 했다. 임신 진단처럼 '십이월 둘째 주부터 마지막 주 사이로 짐작됩니다.' 라고 얘기하는 것도 우습잖아. 다른 이들은 어떻게 그리 정확하게 날짜를 딱딱 세는지 궁금하다. 오늘부터 연애 시작! 이라며 호루라기를 부는 걸까? 사귀어달라는 고백으로부터 날짜 세기가 시작되는 것일까. 그것도 아니면 첫 키스를 한 날부터 연애인가. 그렇다면 둘 사이에 미묘한 전극이 흘러 다니던 그런 시기는 무엇으로 보상한단 말인가.

나는 그저 그때의 이미지와 장면장면으로 시작의 순간을 기억했다. 시계 분침처럼 보이지 않게 서서히 움직이던 감정이 20분도 넘게 성큼 움직이던 그 순간, 그 날짜는 기억하지 못하더라도 그 장면만은 기억하고 있다.

그 장면.
혹시나 하여 뒤를 돌아보았더니 네가 손을 흔들고 있었다.

아직까지는 밤 산책을 견딜 만한 그런 바람 부는 날이었다. 애초에 그날 왜 만났는지 기억은 안 나. 연극을 봤던가 영화를 봤던가 그도 아니면 그냥 사람들과 몰려다니며 술을 마셨던가. 어쨌든 꽤나 늦은 시간, 집으로 가는 방향이 비슷하다는 이유로 너는 나를 집 앞까지 데려다준다 하였다. 괜찮다고 한 번은 사양했지만, 누군가가 집 앞까지 데려다 준 기억이 너무나 오래되어 그 소리가 내심 반가웠지. 화력 발전소가 지척에 있어 '늘빛길'이라는 이름을 가진 골목답게 가로등은 밝았고, 가끔 개 짖는 소리를 빼면 아주 적막했다.

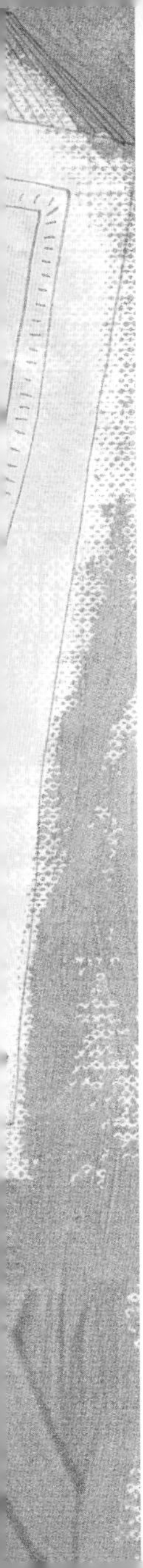

무슨 얘기를 했는지 정확히 기억나지 않는다. 다만 목소리가 너무 좋아서 말을 거는 것이 즐거웠다는 것은 기억해. 으음 하고 조금의 뜸을 들인 후 조금 더 긴 이야기를 풀어내는 순간, 난 감탄했지. 와- 기분 좋게 낮은 목소리다. 경상도 억양이 묻어나는 그의 목소리는 모던재즈쿼텟Modern Jazz Quartet의 콘트라베이스 같았다.

초라한 원룸의 유리문 근처에 멈춰 선 우리는 '그럼, 다음에 봐' 라며 기약이 있는 듯 없는 듯 애매모호한 인사를 했고, 서로를 향해 가볍게 손을 흔들었다. 그리고 나는 저녁밥을 애타게 기다리고 있을 우리 고양이들을 향해 총총총총 계단을 뛰어올라갔지. 그런데 문득 혹시나 하는 생각이 드는 거야. 3초쯤 망설이다 발소리를 죽여 계단을 내려와 고개를 삐죽 내밀었더니 너는 여전히 아무도 없는 유리문을 바라보고 있다가 내 얼굴을 향해 다시 손을 흔들기 시작했어. 입 모양만 뻐끔뻐끔 '조심해서 가' 라고 소리 없는 인사를 하며 나도 손을 흔들었지. 손목의 맥박이 조금 빨라져서 흔드는 손도 같이 빨라졌던 것 같다.

이 장면을 기억해내는 순간, 이게 시작이라고 확신했다. 네가 좋아한다고 소리 내어 공기 중에 말했던 그 순간도 아니고, 내가 그렇다면……이라고 대답했던 순간도 아니고 혹시나 하여 뒤를 돌아보니 네가 손을 흔들고 있었던 바로 그때.

나는 아직도 가끔 뒤를 돌아본다. 그리고 네가 여전히 내 뒷모습을 봐주고 있음에 안심하면서 빨라지는 손목의 맥박을 지그시 누르곤 한다. 이 맥박이 언제까지 유지될 수 있을지 아무도 확신하지 못하지만 다만 바랄 뿐이다. 오래오래 지속되도록.

어느새 본격 여름의 햇살이 비친다.

tip. 09

둘만의.
기념일.

만난 지 100일이니, 1년이니. 너무 식상하지 않나? 계산기가 알아서 답을 내주는 디데이란 어쩐지 너무 기계적이고 천편일률적이라 '무슨 날이야?' 라고 물었을 때, 둘만 알 수 있는 은밀한 미소를 주고받을 수 있다면 좋겠다. 당신과 내 생일의 딱 중간일도 좋고, 처음 가슴이 쿵쾅거렸던 날도 좋고, 처음 싸움박질을 했던 날도 좋고, 그냥 아무 날이라도 달력에 동그라미를 쳐놓고 당신과 나의 날이라 정해도 좋고. 다 귀찮으면 매일매일 기념일로 삼든지.

cycle 2. 세포 증식기

정체불명이나
효과는 확실한 폭탄주처럼

20분 후의 세계

아 이런. 늦어버렸네.

작은 한숨이 잠의 기운으로 늘어져 잘 움직이지 않는 입술 사이로 새어 나온다. 분명 알람 소리에 맞춰 눈을 뜬 기억은 있는데 눈 한 번 '깜빡' 하는 사이에 20분이 사라져버렸다. 오늘은 분명 23시간 40분으로 이루어진 이상한 날이 되겠지. 머리 감는 것과 화장하는 것을 생략하면 지각은 면할 수 있겠지만 오늘 저녁엔 특별한 모임이 있다. 오랜만에 보는 얼굴들인데 까칠한 얼굴을 하고 나갈 순 없지, 차라리 지각을 택하련다. 20분씩 뒤로 밀린 아침 습관적으로 켜놓은 TV에서는 10분 만에 내용파악이 가능한 아침드라마와 처음 보는 CF들이 쏟아져 나온다.

합정역은 유난히 교복 입은 학생들로 붐빈다. 늘 수북이 쌓여 있던 무가지도 몇 부 남지 않았다. 열차를 기다리며 늘어선 줄은 엄청 길다. 이곳은 내가 모르고 있던 '20분 후의 세계'다. 새삼 심장이 쿵쿵거린다. 심장이 뛰니까 조건반사처럼 그가 보고 싶다. 아직도 잠의 세계에 머물러 있을 그.

평소보다 80명쯤 더 들어찬 듯한 객차는 심히 갑갑했다. 이렇게 40분 내내 서서 갈 각오를 하고 있는데 언제까지고 잘 것만 같던 앞좌석 청년이 황급히 내려준다. 아, 다행이다. 이런 상태로 꾸역꾸역 사람들이 밀려든다면 버텨낼 자신이 없었다오, 청년. 열차의 움직임과 함께 지하철 안내방송이 메아리처럼 멀어지면서 나는 꾸벅꾸벅 졸기 시작했다. 오늘의 서브웨이 드림은 기분 좋은 꿈이었다. 찰랑찰랑하는 물의 감촉이 남아 있는. 누군가와 함께 있었던가 아니었던가.

"……류장은 ……릉, 선릉입니다."
몸의 리모컨이 저절로 볼륨을 키운다. 귀가 먼저 눈을 뜨고, 몸이 반사적으로 일어난다. 사람들에 떠밀려 내린 플랫폼에서 시간을 보니 아홉시 일 분 전. 평소 같으면 커피 한 잔 마시며 책상 앞에서 간밤의 스팸 메일을 확인하고 있을 시간이었지만, 지금 나는 20분 후의 세계다. 지각동창생인 플랫폼 동지들의 얼굴은 하나같이 초조하다.

줄을 서 개찰구를 빠져나가는데 가방의 바깥 주머니가 부르르 떨렸다가 멈춘다. 그다. 출근 잘했냐고, 오늘도 웃을 일이 많았으면 좋겠다고, 존댓말과 반말을 어색하게 섞어 보낸 그의 전갈이다. 조금 낯설어 멍했던 아침이 차가운 대기에 반짝인다. 웃으며 답장을 보낸다. '어머, 일찍 일어나셨네. 오늘 나는 지각이야요.'
메시지의 날갯짓이 끝나기도 전에 다시 부르르 우는 전화기.
'이런! 뛰어요!!!'

나는 가볍게 뛰기 시작했다. 차가운 바람이 얼굴을 스치고 목깃으

로 파고든다. 삼릉공원을 따라 놓인 인도는 말캉하고 부드러운 우레탄이 깔려 있어 달리기 좋았다. 오르막의 끝자락, 횡단보도 앞에서 가쁜 숨을 잦게 토해낸다. 더운 숨은 금세 하얗게 얼어붙는다. 파란 불이 켜지고 건너편 카페의 커피향이 좋다고 생각하면서 또 뛰었다. 회사 건물의 유리문을 밀고 들어가 엘리베이터 앞에 선 후에야 턱까지 차오른 숨을 고른다. 심장이 마구 쿵쾅거린다. 옆구리가 살짝 결리는 느낌이 짜릿하다.

띵.
경쾌한 소리와 함께 문이 열리고 큰 소리로 늦었습니다!라고 꾸벅 인사를 했지만 사무실엔 인기척이 없다. 의자 위에 털썩 몸을 던지고 컴퓨터를 켠다. 모니터 구석에 '09:10' 이라는 숫자가 떠오른다.

와, 분명 15분은 족히 걸리는 거리였는데. 뜀박질의 흥분으로 여전히 박동하는 심장을 손으로 지그시 누르면서 검고 진한 커피를 한 모금 마신다. 후유후유 숨을 가라앉히며 나는 평온을 되찾았다.

20분 후의 낯선 세계에서 나를 구해준 그에게, 온전한 나의 '5분'을 바친다.

tip. 10

지각에.
대처하는.
우리의 자세.

이 피곤한 일상, 어찌 지각 한 번 안 하고 살 수 있겠나.

지각에 대처하는 우리의 자세.

1. 무조건 당당할 것.
2. 어설픈 변명 따위 하지 말 것.
3. 연기력이 뛰어나지 않다면 그저 늦잠을 잤다는 솔직한 이야기가 제일임을 명심할 것.

   누구는 늦잠 한번 안 잘까. 우물쭈물하면 더 우스워진다. 당당하되 살짝 민망하다는 듯 웃으며 혀를 내밀어주자. 다만 지각을 인지한 순간, 사수에게 :-) 섞인 문자 하나 보내놓자. 귀여움이 승부처다!

미안해 엄마부터
결말을 모르는 에로영화까지

그렇게 재밌어?

오랫동안 엄선해서 모았다는 컬렉션을 침대에 나란히 누워 보고 있었다. 커다란 눈을 한 귀여운 포르노 배우의 가슴을 감탄스레 바라보는 그가 마냥 예쁘지만은 않다.

"어머, 저 여자 가슴 수술한 거 너무 티 난다. 누워도 퍼지기는커녕 밥공기 두 개 엎어놓은 것 같잖아. 안 징그러워?"

그는 별다른 대꾸조차 하지 않았다. 시들한 졸음이 몰려왔다. 아무리 명작 포르노라 한들 손톱만큼의 스토리가 존재한다 한들 남자들의 한심한 판타지만 잔뜩 모아놓은 화면이 재미있을 리가 없었다. 그리고 내심 살짝 걱정도 되었다.

'도대체 저런 자세가 가능하기는 한 거야? 이거 요가라도 해야 하나.'

그런 생각을 하며 돌아누워 눈을 감는 나를 향해 그의 그림자가 드리운다.

늘 그렇듯 에로영화는 절대 결말을 알 수 없다. 실은 알 필요도 없다.

기분 좋은 섹스였다. 그는 사려 깊었고, 땀을 많이 흘렸다. 그가 땀 흘리는 모습을 보는 것이 좋았다. 축축이 젖은 그의 이마를 쓸어 올리며 나는 그의 팔을 베고 누웠다. 이 순간이 제일 좋아. 찰랑찰랑 차오르는 따뜻한 물속에 잠긴 느낌. 그 물속에서 헤엄치던 나를 그가 난데없이 잡아 올린다.

"너의 첫경험은 언제야?"

아, 왜 남자들은 이런 걸 궁금해할까. 나는 적당히 피해간다.

"음- 너무 어리지도 늦지도 않고 적당히 순진했을 때야. 그냥 그렇게만 알아둬."

첫경험. 첫 섹스의 부끄러움과 숨기고 싶은 마음이 그 단어조차 그대로 내뱉지 못하게 만드는 '첫경험'이라는 것. 내 첫경험은 스물한 살의 봄이었다. 기차를 타고 그가 사는 곳으로 내려갔던 어느 날, 10분만 더 가면 내가 자라고 부모님이 기다리는 고향에 도착할 수 있었지만 나는 미련 없이 그가 기다리고 있을 그 작은 역에 내렸다.

기차역을 나서면 그는 언제나 복학생의 트레이드마크인 군복바지 차림으로 나를 마중 나와 있었다. 나는 제발 그 군복 좀 입지 말라고 타박하면서도 마중 나온 그의 표정이 너무 좋아서 그 작은 기차역을 즐겨 찾았다. 그의 자취방으로 가는 길에 읍내 작은 커피숍에 들렀고, 주인아저씨는 귀여운 아가씨라며 장미꽃 한 송이를 선물로 주었다. 그 빨갛고 약간은 시들했던 장미꽃을 들고 그의 자취방으로 가는 길은 달이 밝았고 가로등도 밝았다.

그의 자취방에서, 그 달도 가로등도 밝았던 밤이 처음이었다.

내 인생의 첫경험. 온몸에 소름이 쫙 돋았고, 아픔보다는 즐거움이 컸고, 나보다 그가 훨씬 더 긴장해 있다는 사실이 너무 재미있었다. 긴장해서 어쩔 줄 몰라 하는 모습에 내가 오히려 긴장이 풀어질 지경이었다. 그리고 나는…… 어쩐지 엄마한테 미안하다는 생각을 했다.

왜 하필 엄마가 떠올랐을까. 시집가기 전까지 순결을 지켜야 한다고 주장하는 분도 아니고, 그런 걸 바라시는 분도 아니었지만 그래도 엄마한테 미안했다. 너무너무 미안해서 눈물이 다 날 지경이었다. 다들 거치는 그런 감정인 걸까 아니면 이제 완전히 엄마 품을 떠났다는 생각이 들어서였을까. 바이바이 인사도 못 한 채 '어른의

강' 을 건너버린 것 같아 좀 두렵기도 했다.

그리고 그 이후로, 다른 이들과도 여러 밤을 보냈다. 상대가 달라질 때마다 그게 첫경험이라고 스스로 생각했다. 다행히도 나는 섹스를 즐기는 편이었고, 몸으로 하는 대화에서 친밀감이 깊어진다고 믿었다.

사려 깊은 키스에서, 배려하는 몸짓에서, 섹스가 끝난 뒤 나란히 팔베개를 하고 누워 도란도란 이야기를 나누는 그 순간에서 나는 사랑의 찰나를 발견했으며, 그것이 하나의 이야기로 기억되었다. 그리고 서서히 엄마는 희미해져갔다.

얕게 코를 골며 새근새근 잠들어버린 그의 팔 위에 살짝 머리를 얹는다. 그는 본능적으로 내 머리를 끌어당긴다. 그 가슴에 머리를 기대어 나는 고백한다.

'실은 아직도 말하지 못했지만 엄마, 내 첫경험은 고작 스물한 살이었어요. 그리고 그때, 엄마에게 얼마나 미안했는지 몰라요. 이제는 에로영화를 보며 킥킥대고 있지만 그래도 나 엄마 생각을 했다니까요. 그게 왜 그렇게 미안했는지 모르겠지만, 엄마 미안해.

근데 엄마도 다 이해하지? 말 안 해도 나, 다 알고 있다니까.'

tip. 11

Your body. is. wonderland.

John Mayer의 노래 중에 가장 로맨틱하고 낭만적인 노래를 하나 고르라면 나는 주저않고 <your body is wonderland>를 고를 것이다. 당신의 몸이 원더랜드라는데, 아우 이 남자 정말 제대로지 않습니까?

그는 내 몸을 똑바로 보는걸 늘 부끄러워했던 것 같다. 이효리의 세로 배꼽도 갖지 못했고, 옆구리와 배에는 늘 두툼한 살이 있었으며 팔다리도 어찌나 짧은지. 가슴만 없으면 딱 유아체형이라고 놀리기도 했지. 그래서 늘 부끄러웠다. 하지만 우리의 존군이 그러잖아. 당신을 사랑하기에 당신의 몸은 원더랜드라고.

생각해보면 그렇다. 나 역시 잘 다져진 잔근육에 적당히 온몸을 덮은 A급 털-곱슬거리지 않고 윤기 흐르는 쭉 뻗은 털-과 굴곡이 느껴지는

손가락을 이상형으로 생각하지만 이런 남자는 단 한 번도 만나지 못 했다. 그럼에도 불구하고 늘 그의 몸이 좋았고 그의 몸을 보는 것을 좋아했다. 눈에 쓰는 콩깍지란 것은 실재하는 물건이로다. 그의 몸이 어떻게 생겼든, 체온이 더해지는 순간이야말로 원더랜드의 입구.

그도 마찬가지지 않을까? 내 비록 통통하고 짧고 푸짐하지만 그는 내 몸에서 17세기 낭만파 화가들이 그려내는 풍만한 나신의 사랑스러움을 보고 있지 않을까. 그는 분명 그런 내 모습을 보아줄 것이라고 믿는다. 손길로 이야기하고 있으니 분명히 알아들을 수 있어요.

그러니까 말이에요, 자신감을 가져요. 말랐든 길쭉하든 풍만하든 납작하든 어쨌든 우리의 몸은 원더랜드예요. 그의 몸이 원더랜드인 것처럼.

너무나도 낭만적인 토요일밤 증후군

어라라랏?

햇볕이 찾아들 자리도 남겨두지 않은 채 다닥다닥 붙은 원룸단지의 한구석. 시간을 알 수 없는, 그저 아직은 오전이겠지 짐작만 하는 그런 일요일의 늦은 아침이었다.

"무슨 일이야?" 졸음에 갈라지는 목소리로 묻는다.

"나…… 팔이 안 움직여."

이게 무슨 개풀 뜯어먹는 소린가 싶어 눈을 반짝 뜨고 그의 팔 위에 놓여 있던 헝클어진 머리를 들었다. 이불에 오줌 지린 어린애 같은 표정으로 나를 바라보는 그의 팔은 여전히 침대 위에 놓여 있다.

“정말 안 움직여?” 밤새 나의 베개가 되어주었던 그의 팔은 축 늘어진 호박 줄기 같았다. 아아, 이게 무슨 일이람. 나는 서둘러 옷을 챙겨 입고는 ‘원인불명 외팔이’가 된 그가 옷 입는 것을 도와주었다. 일요일 응급실, 우리는 덩그러니 침대 하나를 차지하고 앉아 의사를 기다렸다. 피곤에 절어 다크 서클이 턱까지 늘어진 젊은 의사는 그의 팔을 이리저리 만져보고 눌러보더니 엑스레이를 찍자고 했다. 그러면서 입 꼬리를 살짝 올리고는 약 올리듯 우리에게 물었다. “어제 팔베개 하고 주무셨나요?”

‘아니 그걸 어떻게…… 그보다 그런 사적인 것까지 물어봐야 해?’ 의사가 괜히 심심풀이로 놀리는 것 같아 화가 나려 했지만 외팔이가 되어버릴지도 모른다는 위기감 때문에 우리는 머리를 조아리고 온순해졌다.
“네, 그런데요.”
“아무래도 ‘토요일 밤 증후군’ 같은데요.”

"네? '토요일밤' 뭐요?"

〈토요일은 밤이 좋아〉란 쌍팔 년도 노래가 잠시 귓가를 스쳤다.

"요골신경마비라고요, 가끔 이렇게 오시는 분들 있어요. 토요일 밤에 술 먹고 여자친구 팔베개 해주고 자다가요, 보통은 팔이 저리면 자다가 뒤척이면서 팔을 빼게 되어 있는데 술 취하면 그거 모르고 계속 자거든요. 그러다 결국 팔뚝에 있는 요골신경이 마비되는 거죠. 피가 안 통하니까 한 2주 정도 움직이기 힘들 겁니다."

'토요일밤 증후군'

그 너무나도 낭만적인 병명 앞에 우리는 할 말을 잊었다. 나의 무거운 머리가 밤새 그의 팔을 마비시켰음에 나는 미안해 어쩔 줄을 몰랐고, 그는 이 바보 같고 어처구니없는 증후군의 당사자가 되었다는 사실에 당혹감을 감추지 못했다.

"뭐, 가끔 혼자 술 먹고 자기 팔 베고 자다가 오시는 분들도 있는데 그래도 두 분은 '진짜' 토요일밤 증후군이니 훨씬 낫잖아요?"
의사는 눈을 찡긋해 보이며 긴 하품과 함께 다음 환자를 보러 갔다. 꾸깃꾸깃한 흰 가운이 애처로워 보였다.

그 후로 2주 동안 그는 십칠 대 일로 싸우다 다쳤다는 어설프기 짝이 없는 변명을 떠벌리고 다녔고, 나는 그때마다 얼굴을 붉히며 고스란히 그 수발을 받아내는 메이드maid가 되었다. 네 무거운 머리가 운운하는 소리가 듣기 싫고 미안해서 세수도 시켜주고 머리도 감겨주고 가끔은 밥도 떠먹여줬다. 그는 은근 이 상황을 즐기는 듯했고 나 역시 투덜거리면서도 어릴 적 소꿉장난 같아서 즐거웠다. 우습고도 귀찮고도 또 낭만적인 2주였다.

팔이 자유롭게 움직이기 시작하자 그는 습관처럼 내 어깨에 팔을 걸치고 귀를 살살 만지며 거리를 걸었고, 주말이면 나 역시 그의 팔을 베고 자기 시작했다. 그는 병원에 가기 싫다고 튕기면서도 '안 해주면 못 만지게 할 거야' 란 유치한 협박에 결국은 항복했다. 게다가 그 젊은 의사의 '찡긋' 이 어쩐지 부러움을 담은 응원 같아서 나는 팔베개를 더 간절히 원하게 되었다. 포근포근한 애정을 확인하는 토요일밤의 마지막 코스로.

그래도 달라진 건 있었다.
나는 그가 잠들 때까지 기다렸다가 그가 쌔근쌔근 숨을 내쉬기 시작하면 고개를 살짝 들어 내 머리 아래 놓인 팔을 배 위에 가지런히 얹었다. 그리고 조심스레 쓰다듬었다.

내 숙면을 견디며 2주 동안의 생을 기꺼이 내주었던 요골신경에게 감사를, 너무나도 낭만적인 '토요일밤 증후군'에 웃음을.

tip. 12

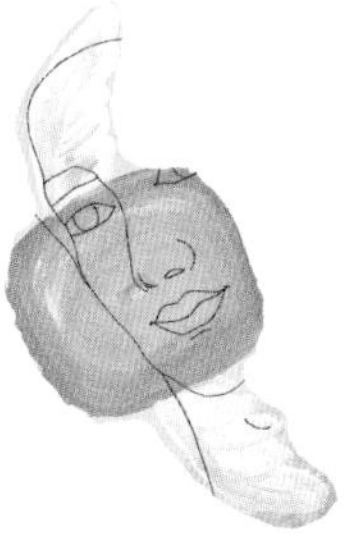

Absolutely.
팔베개.

팔베개를 잘해주는 남자가 좋은 남자. 나는 그렇게 믿고 있다. 팔이 조금 저려도, 조금 불편해도 별다른 불평 없이 당신에게 팔 한쪽을 기꺼이 내주는 남자는 다정하며 믿을 만하다.

가장 완벽한 팔베개는 이러하다. 팔베개를 할 때는 절대적으로 왼쪽 편에서. 그래야 두쿵두쿵 하는 심장소리를 들을 수 있으니까. 그리고 손으로 내 머리를 살짝 쓰다듬을 것. 간질간질한 기분으로 잠들 수 있게. 메밀 껍데기를 넣은 베개도 메모리폼 베개도 다 필요 없다. 행복한 수면을 위한 가장 완벽한 베개는 그의 팔베개다.

바다에서 죽은 영혼은 해파리가 된다

해파리! 해파리!! 해파리!!!

자다가 벌떡 일어나 해파리를 외치는 나를 멀뚱히 쳐다보며 그는 해파리냉채가 먹고 싶다는 건지 스타크래프트를 하는 꿈을 꾸었다는 건지 도무지 알 수 없다는 표정으로 "그래 좋아, 해파리"라고 웅얼거렸다.

나는 이래서 너를 좋아해. 이해할 수 없는 것을 굳이 논리로 이해하려 하지 않고 그저 고개 끄덕이며 웃는 네가 좋아. 가슴에 털이 딱 하나밖에 없는 건 아쉽지만 그건 내가 눈썹연필로 그려주면 되니까 상관없지.

나는 만족스런 웃음을 지으며 잠이 눌러 붙은 그의 눈에 뽀뽀를 하고 씻고 옷을 챙겨 입고 화장을 하고 카메라를 챙기며 부산을 떨었다. 그런 나를 침대에 앉아 물끄러미 바라보던 그도 맨손으로 푸시푸시 마른세수를 하고 붙어있던 잠 조각들을 털어냈다. 그리고 내 뒤를 따라 젖은 세수를 하고 옷을 챙겨 입고 머리를 말리고 신발을 신는다. 둘로 꽉 찼던 방에는 그늘만이 남아 있다. 쏟아지는 햇살이 눈부셔 잠시 찡그렸다.

평일 오후의 지하철 역은 한산했다. 지잉지잉 움직이는 기계팔이 늘 감탄스러운 플랫폼 과자 자판기에서 나는 양갱을 꺼냈고 그는 투박한 음료 자판기에서 녹차를 꺼냈다. 나는 우리가 아주 좋은 커플임을 새삼 확인한 듯하여 기분이 위로 솟구쳤다. 살짝 까치발을 하여 그의 머리를 만진다. 그리고는 은박지를 까서 몸서리치게 단 양갱을 입안 가득 녹여 먹는다. 양갱 하나와 녹차 한 병을 사이좋게 나눠먹는 동안 우리는 아쿠아리움에 도착했다.

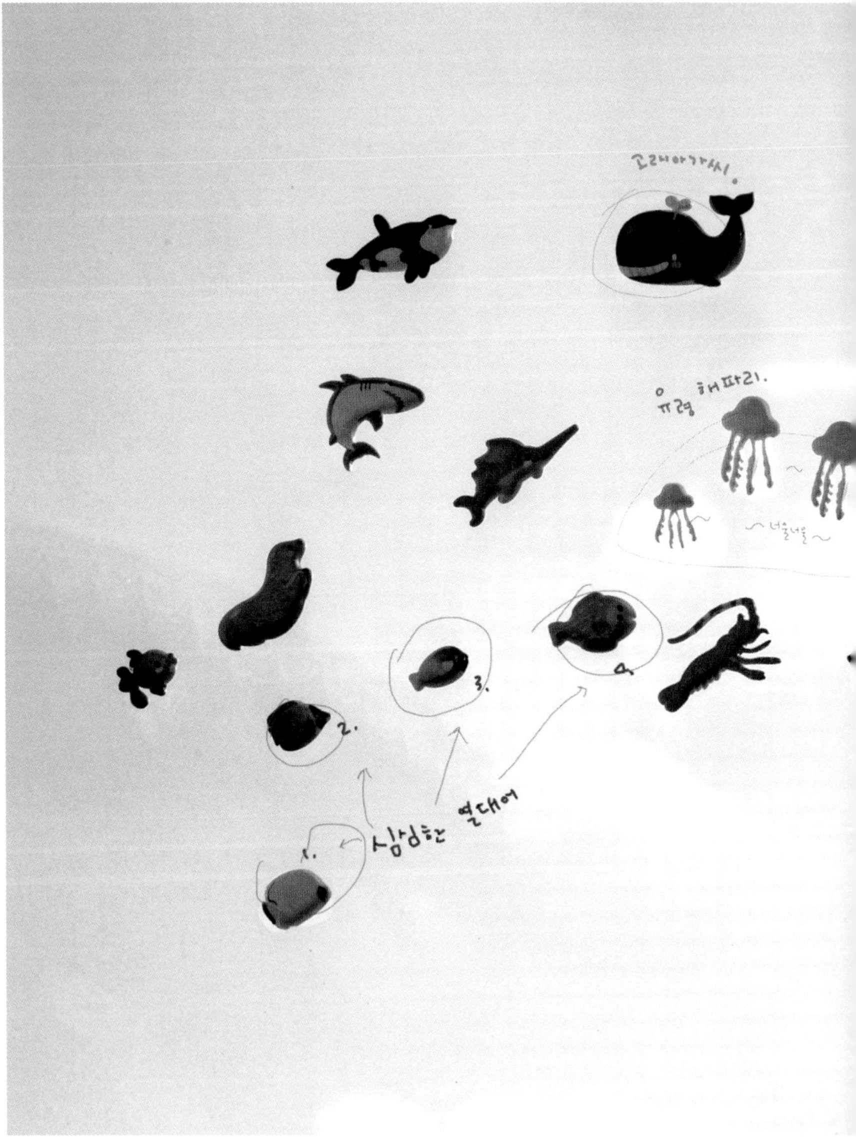

고래아가씨.
유령 해파리.
~너울너울~
1.
2.
3.
4.
상냥한 열대어

앗싸!
가오리~

"아, 진짜 해파리." 그제야 그는 고개를 끄덕인다. "있잖아 나, 아쿠아리움 처음 와본다." 그는 잡은 손에 힘을 주었다. 꽤나 비싼 티켓 값에 조금 놀라는 척하면서 우리는 환영합니다 라고 애써 발랄하게 인사하며 무료함을 달래는 직원을 뒤로 흘려보냈다. 조용하고 어두운 아쿠아리움은 발소리마저 빨아들인다.

어울렁 어울렁 거대한 수조를 가득 채운 물이 복도 카펫에 그림자를 드리우고, 내 눈에서 20센티미터쯤 위에 있는 그의 얼굴에도 무늬를 만들어냈다. 색색의 열대어는 예쁘지만 심심했고, 가오리가 지나갈 때마다 머리엔 물그림자가 졌다. 우리는 곧바로 해파리가 있는 수조로 향했다. 투명한 해파리는 우산 같은 머리를 펴고 너울너울 움직인다. 몸 뒤로 배경이 비쳐 보여 마치 유령처럼 보이는 동물, 해파리. 나는 누군가 열심히 닦아놓은 반짝반짝한 수조 유리에 짙은 손자국을 남기며 해파리가 춤추는 모습을 구경했다. 그는 그런 내 머리 위에 자기 턱을 턱하니 올려놓고 허리에 손을 감았다. "오늘도 여전히 허리가 없구나, 너." 나는 당연하다는 듯 팔꿈치로 그의 배를 가격했다. 그는 '으윽' 하는 신음소리를 내며 내 꿈 이야기를 들어주었다.

"우리는 무인도에 있었어. 꿈속에서 너는 가슴털이 조금 더 무성했고, 나는 허리가 좀 더 잘록했던 것 같아. 우리가 바닷가에서 수영을 즐기고 있는데 비닐봉지가 둥둥 떠내려 오는 거야. 나는 '이 근처에 사람이 있나 봐!' 라며 흥분하여 비닐봉지를 건져 너에게 던졌는데 그게 네 어깨에 찰싹 달라붙더니 독을 뿜기 시작했어. 비닐봉지가 아니라 해파리였던 거지. 그렇게 시름시름 앓던 너는 내가 끓여준 도마뱀 수프도 거부하고 '바다에서 죽은 영혼이 해파리가 되지' 라는 마지막 말을 남기고는 떠나갔어. 그래서 나는 눈물을 흘리며 깨어나는 대신 네 영혼을 찾으러 온 거야. 네가 미처 먹지 못한 수프는 맛있었어. 그렇지만 여기 너는 너울너울 아름답고 행복해 보여서 다행이야."

그는 내 머리를 턱으로 한번 꽁 찧고는 정수리에 가볍게 뽀뽀했다.
"실은 도마뱀 수프 먹는 게 죽기보다 싫어서 그랬어, 큭큭."

우리는 해파리 수조 앞에서 기념촬영을 했다. 나는 언제나 그렇듯 어색한 미소와 V자를, 너도 언제나 그렇듯 혀를 크게 내밀고 이상한 표정을 지었다. 돌아 나오는 길에 우린 상어와 곰치와 가시고기를 보며 즐거워했다. 그리고 안녕히 가십시오 라며 짐짓 아쉬운 척

하는 직원을 여전히 흘려보내며 아쿠아리움을 빠져 나왔다.

과연 그 해파리는 꿈속의 영혼일까?
아무래도 상관없었다. 잠에서 깨어난 내 옆에 네가 있다는 사실이, 내 두꺼운 허리를 사랑스럽게 감아줄 수 있는 네가 있다는 사실이, 내가 이끄는 대로 어디든 같이 가주는 네가 있다는 사실만이 중요했다. 물론 당장 도마뱀 수프를 먹지 않아도 된다는 것도.

사랑에 빠지는 것은 남들도 알 수 있는 이런저런 이유들 때문이지만 그 사랑이 유지되는 것은 나만이 이해할 수 있는 직관적인 이유 때문이다. 잡은 손으로 대화하는 나른하고 반짝이는 하루가 그래서 소중하다.

우리는 서로 한마디 묻지도 않고 홀린 듯이 중국요리집에 들어갔다. 독한 술이 식도를 타고 넘어가며 후끈거리고, 쫄깃한 해파리냉채가 입 안에서 상큼하다.

"아저씨, 여기 겨자 소스 좀 더 주세요!"

tip. 13

데이트하기에.
가장 완벽한.
수족관.

평일, 특히 화요일. 점심을 먹고 수족관에 가자. 2시부터 4시 사이가 물고기들에게 밥을 주는 시간이다. 어린 아이들의 손을 잡고 온 몇몇 엄마들 외에는 사람도 별로 없는 한가로운 수족관. 미꾸라지를 쏙쏙 잡아먹는 메기를 보며 기겁하기도 하고, 머리 위로 지나가는 상어의 하얀 배를 바라보며 신기해할 수도 있다. 아무리 봐도 질리지 않는 수달의 귀여운 얼굴을 보며 깔깔거려도 좋아. 손을 꼭 잡고 머리 위에 울렁이는 물그림자를 즐기자. 그리고 수족관의 해저 터널, 커다란 아크릴 수조의 뒤편에 서서 아무도 없는 틈을 타서 뽀뽀를 하는 거다. 동그란 눈으로 무심하게 지나치는 상어들 앞에서 깊은 심해의 고요함을 앞에 두고 마음을 고백하는 기분이 들 것이다. 분명히.

거짓말맛 사탕

담배, 끊지 않을래?

벚꽃이 흐드러지게 피기 직전, 짙은 향기의 긴장감을 잔뜩 뿜어내던 날이었다. 꼭 잡은 손이 축축해지는 것이 슬슬 신경 쓰이기 시작했다. 손을 살짝 빼서 바지에 문지르고 다시 잡으면 이 녀석이 어떻게 생각할까 고민하던 순간, 앞사람을 스치고 훅하니 불어오는 미지근한 바람에 섞인 담배연기가 눈에 날아들었다. 아아, 나는 먼지와 연기와 티끌 앞에 힘없이 무너지는 하드렌즈 착용자란 말이다, 제길! 그리고는 눈물이 그렁그렁한 얼굴로 그 녀석을 올려다보며 그렇게 내뱉었다.

"담배, 끊지 않을래?"
'난데없이' 라는 표정으로 내 얼굴을 쳐다본 그는 순간 멍했다. 내 눈에서 눈물 한 방울이 또르르 둥근 뺨을 타고 흘러내리고 있었기 때문이었겠지. 나는 아직 자유로운 한 손으로 눈물을 훔치며 또 한 번 말했다. "우리, 담배 끊지 않을래?"

떨떠름한 표정으로 "으응" 하고 끄덕이는 그의 턱에는 하룻밤 새 짧고 까칠한 수염이 거뭇했고 나는 여전히 젖은 눈을 반짝이며 그 턱을 탐했다. 그날 이후 우리의 금연이 시작되었다. 우리라고 했지만 '그 녀석' 의 금연이라 해야 옳을 것이다. 나는 일주일에 반 갑이나 피울까 말까 한 허술한 스모커였으니까. 그에 비해 그는 하루에 꼭 스물한 개비는 피워대는 그러니까 한 갑을 피우고 꼭 한 갑을 더 사야 하는 나름 쓸 만한 스모커였다. 금단현상 따위는 찾을려야 찾을 수도 없었던 나에 비해 그는 꽤나 고생을 하고 있었다. 가련한 어린 양.

솔직히 말하자면 그에게 내어준 내 마음의 칠 할은 담배를 내뿜는 그의 입술 주변에 달라붙어 있었다. 듬성듬성 멋스럽게 기른 수염과 그 가운데 자리 잡은 입술 사이로 하얀 담배연기가 새어나올 때면 나는 온몸의 힘이 주룩 빠져나가는 느낌이었다. 그러나 이미 '금연' 이라는 금지어를 내뱉어버린 데다가 '건강' 이라는 때깔 좋은 명목도 있으니 밀어붙이는 수밖에.

나의 왼손과 맞잡은 그의 오른손이 꿈지럭거린다거나 테이블 위에 올려놓은 그의 손가락이 투둑투둑 혼자 놀기 시작한다거나 머리를 긁적인다거나 하는 것은 그가 담배를 몹시 원하고 있다는 뜻이었다. 그래서 나는 그가 손을 꿈지럭거릴 때마다 살짝살짝 까치발을 해 그의 턱이나 볼이나 입술에다 뽀뽀를 해주었다.
내 입술이 니코틴 패치라고 생각하란 말이야.

하지만 사람들로 북적대는 거리 한복판이라든가 깐깐해 보이는 종업원들이 지켜보는 레스토랑에서는 조금 곤란했다. 그래서 나는 가방에 막대사탕을 챙기기 시작했다. 그가 꿈지럭꿈지럭 할 때마다 부스럭부스럭 까서 입에 물려주었다. 그럴 때마다 그는 그 사탕을 와그작와그작 잘도 깨물어 먹었다.

기묘한 커플이었다.
큰 키에 늘 사탕을 물고 다니는 과묵한 청년과 그의 입술이 날마다

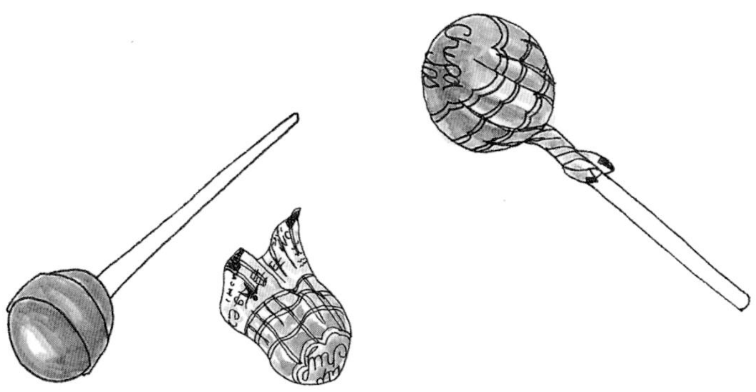

더 달콤해지는 것에 마냥 기뻐하는 작은 말괄량이.

우리의 주변에는 봄날의 과일처럼 달콤한 향이 떠돌았다. 커다란 양철통 가득했던 사탕이 슬슬 바닥을 보이기 시작할 무렵, 그 녀석은 사탕 없이도 몇 시간이고 내 손을 꼭 잡을 수 있게 되었다. 그렇게 우리의 금연은 성공했고 우리는 그것을 기념하며 조촐한 파티를 열었다. 그 녀석은 커다란 양철통을 달랑달랑 들고 우리 집을 찾았고 한껏 달콤해진 입술로 평소보다 진한 키스를 선물했다. 아주 달달했던 것으로 기억한다.

실은, 알고 있었다. 그가 나 없는 곳에서 몰래몰래 한 개비씩 담배를 피운다는 사실을. 그러나 상관없었다. 나는 다만 그가 나에게 보여줄 수 있는 다정함의 깊이가 궁금했을 뿐이니까.

그 몰래 꺼낸 담배를 재떨이에 던져 버린다. 대신 손끝에 햇살을 물기로 한다. 나도 금연을 해야겠다.

tip. 14

금연은.
막대사탕으로부터.

금연용 사탕의 조건. 담배와 비슷한 길이의 막대를 가질 것. 단지 그것뿐이다. 입 밖으로 빠져나온 하얀 막대에 기분이 좋아질 것이다. 오래전에 사탕이 사라져버린 이빨 자국 난 막대를 구부리며 손의 무료함을 달래도 괜찮다. 맛은 각자의 취향대로 알아서들 하시고. 나는 크림 섞인 딸기맛이 좋더라. 약간 텁텁한 것이.

면도, 그 까칠하지만 따스한 로망

면도, 내가 해주면 안 될까?

선배 결혼식에 간다며 아침부터 면도기를 꺼내 든 그를 향해 나는 욕실 문을 빼끔히 열고 고개를 들이밀며 최대한 귀여운 표정을 지어 보였다. 허나 그는 두려운 표정으로 맞받아칠 뿐이었다.
"아침부터 피 보기 싫어."
"아냐 아냐! 정말 잘 할 수 있어. 한 번만, 응?"

그는 마지못해 머뭇머뭇하며 면도기를 건네준다. 나는 순간을 놓치지 않고 날카로운 칼날처럼 면도기를 낚아챘다. "꺄오, 신난다."

나는 면도하는 남자가 좋다. 면도하는 모습을 바라보고 있으면 마음이 따뜻해 지면서 언제까지고 바라보고 싶어진다. 그래서인지 애프터 쉐이브를 바르고 면도를 끝마치는 그 순간은 한숨이 나올 정도로 아쉽다.

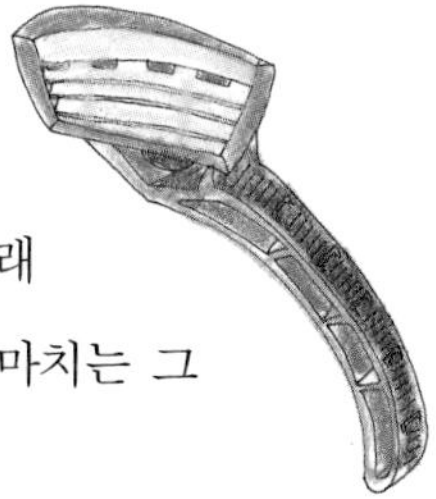

아빠는 유독 수염이 많았다. 아침에 면도를 했음에도 저녁이 되면 어느새 파랗고 까칠하게 수염이 자랐다. 퇴근인사는 언제나 어린 내 얼굴에 턱을 비비는 것으로 대신했다. 따갑다고 밀어내면서도 나는 그 까칠한 느낌이 사랑받고 있다는 증거처럼 느껴져 항상 손으로 다시 쓰윽쓰윽 만져보곤 했다.

따뜻하다, 좋다, 사랑받는다.

매일 아침 면도하는 모습을 지켜보면서 나는 아빠가 얼른 퇴근하고 돌아오기를 고대했다.

그렇게 면도로망을 품은 지 이십년만이었다.

아쉬움을 뒤로 하고 본격적으로 면

도를 시작하기 전, 나는 수염이 거뭇하게 자란 그의 턱을 손으로 한번 훑고 행운을 빌듯 턱에 뽀뽀했다. 그의 턱과 눈높이를 맞추기 위해 나는 세면대 위에 걸터앉았다. 그가 내 허리를 살짝 잡는다. 눈앞의 잘 생긴 턱에 쉐이빙 폼을 살살 펴 바른다. 삼중 면도날에 인체공학적 설계로 만들었다는 면도기를 흐르는 물에 한번 씻어내고는 왼뺨부터 쓰윽 그의 얼굴을 훑는다.

우와, 그 느낌이 너무 좋아 손끝이 찌릿찌릿했다. 나도 모르게 몸을 흔들면서 흠냐흠냐 이상한 소리를 냈다. 그가 한심하다는 듯 눈을 내리깔고 나를 본다. "이런 변태 아가씨 같으니라고."

"걱정 마. 절대로 잘 해낼 테니까." 나는 그 턱에 온 마음을 집중했다. 베지 않도록 조심조심 심호흡을 하며 미간을 잔뜩 찌푸리고 면도기를 움직인다. 왼뺨에 이어 오른뺨, 턱 아래서 입술 아래까지 쑤욱 훑고 올라오는 내 손의 움직임. 그는 익숙지 않은 나의 손길에 여전히 긴장한 채로 굳은 미소를 띠웠다. 내 허리를 잡은 손에 조금 더 힘이 들어간 듯도 하다.
"자, 다 끝냈어. 우리 애인, 자알 생겼다!" 나는 무사히 면도를 끝내고 애프터 쉐이브까지 발라주며 그의 매끈한 얼굴을 부풀려 칭

찬했다. 그도 대견하다는 얼굴을 하고 거울 속에 선 내 얼굴을 바라봤다. 실은 쉐이빙 폼이 얼굴에서 거의 사라질 무렵, 살짝 방심한 내가 그의 오른쪽 턱에 작은 상처를 내고 말았으나 그는 관대하게 눈감아주었다. 작은 밴드를 찾아내어 훈장처럼 붙여놓는다.

세상에서 가장 따뜻한 아침, 넥타이를 매고 오랜만에 정장을 차려입은 그에게 손을 흔든다. 얼른 그의 턱에 수염이 다시 자랐으면 좋겠다.

tip. 15

면도기.
로망.

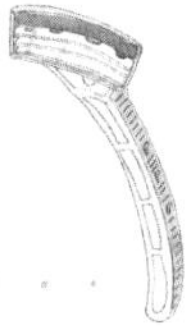

나는 전기면도기 쓰는 남자를 믿지 않는다.

그저 근거 없는 미신이다. 기술이 진보하여 한 가닥도 놓치지 않고 매끈하게 수염을 깎아준다고는 하지만, 설마 '날 면도기'만 하려고.

귀찮지만 그 귀찮음을 물리치고 서걱서걱 소리 나게 젖은 면도를 하는 남자라면 적어도 나에게 '귀찮아'란 말은 절대 하지 않을 것만 같다. 욕실에 날 면도기가 걸려 있는 남자, 턱에 뽀뽀할 맛이 난다.

마법 같은 그날의 스파게티

연애는 미식가와 하고 싶었다.

푸딩의 말캉거리는 부드러움을 감별할 줄 아는, 정성들여 끓인 된장찌개의 구수함을 음미할 줄 아는, 얼큰함과 단순한 혀의 통증을 구분할 줄 아는, 자신이 선호하는 밥알의 느낌을 기억하는, 예민한 혀를 가진 사람과 연애하고 싶었다. 그런 사람과 나누는 식사는 까다로움이 아닌 '너와 함께 맛있는 것을 나누고 싶다'는 바람으로 충만한 시간이리라 생각했다.

예민한 혀를 가진 사람은 섣부른 말로 마음을 베지 않으며 그렇다고 두텁게 우유부단하지도 않다. 게다가 예민한 혀를 가진 사람만 이 부드럽고 사려 깊은 키스를 할 수 있다는 믿음은 17세 이후로 변치 않는 확신과도 같았다. 우악스럽지 않고 사려 깊은 키스를 할 줄 아는 사람이 마음과 몸을 따뜻하게 해주는 법이다.

그의 가슴에 귀를 대고 규칙적인 심장소리를 들으며 누워 있으려니 배가 고팠다. 4월의 바람에 핑크색 비즈 커튼이 살랑살랑 흔들려 청명한 소리를 냈다.

“맛있는 것, 해줄까?” 바람에 마음이 부들해진 내가 물었다.

“나야 그럼 행복하지.” 행복에 특히 강세를 주어 말하는 그가 귀엽다. 그의 예민한 혀에 내가 만드는 음식이 100퍼센트 만족스러울 리 없다. 그러나 그는 늘 그 예민한 혀를 굴려, ‘이 부분이 조금 부족하긴 하지만 이러이러한 부분은 참으로 놀랍도록 사랑스러운 맛’ 이라고 이야기했다. 나는 ‘부족하긴 하지만’ 이라고 말한 바로 다음 순간, 그 멈춤, 그 찰나의 시간이 참으로 두근거렸다. 좋았다.

어제 마트에서 사다 놓은 바지락을 소금물에 담갔다. 이미 소금물에 담겨 있던 것이라 다시 해감을 뺄 필요는 없었지만 그래도 조개를 꺼내어 소금물에 담그는 순간이 나는 즐겁다. 커다란 냄비에 물

모시조개 or 바지락
소금
붉은 고추
마늘
White Wine
올리브유
바질
봉골레 스파게티
바질
레시피
1
2
3

을 넉넉히 붓고 소금을 넣어 스파게티면을 삶는다. 한 가닥 집어 던져보니 적당히 잘 삶아졌다. 스파게티를 모두 건져내어 올리브유를 살짝 두르고 냉장고에 넣는다. 프라이팬에 올리브유를 두르고 마늘과 붉은 고추를 볶는다. 유난히 사람을 허기지게 만드는 마늘 볶는 냄새…… 여기에 잘 씻은 조개와 엊그제 마시다 남은 화이트 와인을 부어 끓였다. 그리고 바질.

그가 바질 화분을 사다 준 것은 지난주였다. 워낙 이것저것 작은 선물을 잘 안겨주는 그였기에 활짝 웃으며 가벼운 키스로 답했지만 선인장도 잘 못 키우는 나에게 허브라니. 이건 필시 내가 만든 봉골레 스파게티를 먹고 싶다는 그의 투정이리라.

가루가 아닌 생허브를 그냥 이렇게 잘라 넣어도 되는 걸까 잠시 망설였으나 어쨌든 바질은 바질. 싱크대 앞에서 요리조리 손을 놀리는 나를 학예회 무대에 선 조카 바라보듯 마냥 흐뭇하게 보고 있는 그를 향해 나는 바질 화분을 흔들었다.

"네가 사다 준 허브, 여기에 넣을 거야."

이파리 몇 개를 조심스레 뜯어 물로 잘 헹궈내고 프라이팬에 넣어 볶았다. 파릇하게 물기를 머금은 싱싱한 연둣빛이 금세 풀 죽은 향신료색으로 변했다는 안타까움이 있었지만 식욕을 자극하는 향긋함은 만족스러웠다.

그날의 봉골레 스파게티는 참으로 훌륭했다. 내가 만들어놓고 이런 얘기하기는 참으로 부끄럽지만 그날의 스파게티는 어디 내놓아도 부끄럽지 않을 만큼 맛있었다. 그도 그날 만큼은 '부족하긴 하지만' 을 입에 담지 않았다. 그저 포크로 스파게티 가락을 둘둘 말아 맛있게 먹었다.
허리에 손을 얹고, '나 요리에 소질이 있나봐' 라며 상기된 얼굴로 자랑스럽게 얘기하는 내 볼을 살짝 꼬집어주었지.

연두색 풀들이 짙은 녹색으로 변하고 다시 한 번 빛을 잃어 누렇게 변할 무렵, 그가 사다 준 바질 화분은 그만 말라버렸다. 선인장도 잘 키우지 못하는 나에게 허브는 역시 무리였다. 그리고 이상하게도 나는 그날처럼 맛있는 봉골레 스파게티를 다시 만들어내지 못한다. 똑같은 재료, 똑같은 부엌, 똑같은 냄비와 프라이팬을 갖춰놓고 몇 번이나 그날을 떠올리며 만들어봤지만 그 맛이 나오지 않았다.

가끔 지나치는 꽃집 앞에 가득 놓인 허브를 바라보며 생각한다. 그가 사다 준 바질의 싱싱한 연둣빛, 그건 상냥하게 걸어놓은 봄날의 마법이 아니었을까.

그렇다면 평생, 그처럼 맛있는 봉골레 스파게티는 다시 만들 수 없을지도 모른다.

tip. 16

그만을 위한. 단 한 접시.

울 엄마는 나한테 장가올 남자가 불쌍하다고 입버릇처럼 말하곤 하셨다. 설거지라도 시킬 요량이면 투덜투덜대곤 했으니 설마 요리를 할 줄 안다고는 꿈에도 생각 못하셨겠지. 하지만 나는 요리를 한다. 누군가 맛있게 먹어줄 사람이 있다면 '즐겁게' 요리를 한다. '진짜 맛있다'는 한마디면 귀찮음도 다 용서가 돼. 많이도 필요 없다. 스스로 먹어도 감탄이 나올 만큼 정말 맛있는 단 하나의 요리법이면 충분하다.

영화관도 레스토랑도 다 지겹다면 당신의 요리로 그를 초대하라. 취사시간 36시간이 지난 밥밖에 없다면 김치 볶음밥이라도 만들면 된다. 설거지는 분명 그가 해줄 테니까 마음껏 부엌을 어지럽혀도 괜찮다. 할 줄 아는 요리가 없다고? 인터넷 뒀다 뭐에 쓴답니까.

동물원 풍경

하늘이 잔뜩 찌푸려 당장이라도 호통을 칠 것 같은 날이면
나는 늘 동물원에 가고 싶다는 생각을 했다. 그래서 말했지.

"나 있잖아, 동물원에 가고 싶어. 지금 당장!"

'갑자기 동물원은 왜?' 라고 당연히 되물을 줄 알았으나 그는 그저 "진짜? 그래 가자" 라며 흔쾌히 고개를 끄덕였다. 그뿐이었다. 고맙고 또 야속했다. 날은 이미 저물어 동물원에 가봤자 철문은 굳게 닫혀 있을 것이 뻔했다. 그는 결국 내가 "아냐, 닫혀 있을 거야" 라며 고개 저을 것을 알고는 가볍게 고개를 끄덕인 것이었다.

너는 나를 너무 잘 알아, 얄미울 만큼.

동물원의 그 비릿한 냄새는 좋기도 하고 싫기도 해서 꼭 적당히 흐린 날 같았다. 게다가 하늘 높이높이 고개를 쑤욱 빼고 있는 기린이 그 긴 목을 천천히 내려 나를 굽어 살피기라도 하면 나는 마치 커다란 은혜를 입은 듯한 기분이 들었다.

무료함에 지쳐서인지, 코카콜라가 없어서인지 앞뒤로 연신 고개를 흔드는 북극곰은 가엾지만 그 푸짐한 엉덩이가 더없는 위로가 되지. 최근에 새로 들어온 사막여우는 세상에서 가장 귀여운 생물이지만 의외로 난폭하여 그 속을 알 수 없다고 해. 뱀의 비늘은 차갑지만 너무나도 부드럽고, 순진한 얼굴을 한 사슴은 비스킷만 보면 떼로 몰려들기 때문에 의외로 무섭대. 코알라는, 코알라는 그저 부러울뿐. 저리 게으르고 냄새나도 귀엽다고 아우성이잖아. 아, 그리고 원숭이는 널 닮았어, 깔깔깔깔.

동물원에 가지 못하는 대신 나는 주절주절 동물원에 대해 떠들기 시작했다.

매해 동물원에 갈 때마다 나는 그해를 살아갈 힌트를 얻어와. 실은 내 삶이 답답한 동물원 같지 않을까 생각하면서도, 그 안에서 어떻게든 살아가는 동물들을 보면서 위안을 받거든.

턱을 괴고 가만히 듣고 있던 그가 "잠시만 기다려봐봐봐"라는 메아리와 웃는 얼굴의 잔상을 남기고는 휙하니 겉옷을 챙겨 들고 현관문 밖으로 사라졌다. 아 뭐야 뭐야, 얘기 듣다가 이렇게 사라져버리면 내 동물원 하소연은 어디다가 풀어놔야 하는데.

뾰로통한 입술로 투덜거리고 있자니 여전히 웃음을 머금은 그가 현관문을 열고 쑥 들어온다. 손에 들린 불룩한 봉지에선 약간 꼬릿하면서도 달콤한 바나나 냄새가 배어 나온다.

내가 까주는 바나나를 다섯 개까지 받아먹은 그가 끽끽대며 백기를 흔들었다. "더 이상은 못 먹겠어, 토할 것 같아."

볼록해진 배를 쓰다듬으며 그가 내 무릎을 베고 눕는다. 나는 자연스레 그의 머리카락을 뒤지며 새치를 열두 개나 뽑는다. 새근새근 잠든 그의 옆에서 나란히 꾸벅꾸벅 졸다 눈을 뜨니 어느새 흐린 하늘의 구름이 걷히고 밤별이 반짝였다.

'아우우~' 늘어지게 기지개를 켜고 냉장고를 뒤져 먹을 만한 것을 찾는다, 게으른 동물들처럼.

이토록 맘이 편안해지는 주술 같은 동물원 풍경.

tip. 17

뱀을 싫어하는 남자와, 북극곰을 좋아하는 여자.

동물원이 유치하다고 생각하는 자, 동물원이 냄새나서 싫다고 생각하는 자. 로망을 모르시는군! 자, 여기 동물원에 관한 이야기가 있으니 들어보시라.

어릴 적 트라우마로 인해 경기를 일으킬 만큼 뱀을 싫어하는 남자와 꽃뱀이 나오는 태몽을 꾸고 태어나서는 북극곰을 너무 좋아하는 여자가 있었어. 여자는 계절이 바뀔 때마다 동물원에 한 번씩 가고 싶어 했지만 남자는 그 여자의 어린 취향이 유치하다고 생각했지.

닦새하고도 4시간 38분을 더 졸라 여자는 결국 '그래! 동물원 가자'는 대답을 들었고 아침 댓바람부터 일어나서 유부초밥을 만들었다나 뭐라나. 처음엔 기린을 보고 감탄했다지. 기린의 눈으로 세상을 보면 어떤 기분이 들까. 당신이 언젠가 나를 번쩍 들어 서울을 내려다보게 해준 것처럼 황홀한 기분일까. 여자의 감탄한 눈동자에서 남자는 기분이 좋아졌대. 토끼처럼 동글동글한 응가를 내놓는 라마를 쓰다듬기도 했다지. 둘은 조금 순진해지는 기분도 들었다고 해. 그리고 결국은 뱀이 몸을 휘휘 감고 혀를 날름날름 거리고 있는 곳으로 들어갔대. 남자는 강하게 고개를 내저었지만 여자가 평소에 숨겨놨던 괴력을 발휘하여 남자의 팔을 잡아끌었다지. 자, 봐봐. 저 뱀들은 결코 당신을 해치지 않아. 다만 겁을 먹었을 뿐이라고. 저렇게 조용히 몸을 말고 자고 있잖아. 아크릴 벽 너머 조용히 동그란 눈을 뜨고 '나는 아무것도 몰라요' 하는 표정을 가진 길고 차가운 뱀을 남자는 가만히 응시했어. 손에 식은땀이 나서 미끄러질 지경이었지만 여자는 남자의 손을 꽉 잡고 놓지 않았대. 얼굴이 조금 하얗게 질리긴 했지만 뱀들이 가득한 건물을 빠져나왔을 때, 남자는 여자의 정수리에 가볍게 키스를 했다지.

마지막 코스는 북극곰. 북극곰 우리에는 가만히 누워만 있는 하나의 북극곰과 천진해 보이는 한 쌍의 거위 부부가 있었어. 사람 나이로 거의 100살이 다 된 북극곰 할머니는 얼마 전에 남편을 잃었대. 그리고는 시름시름 앓기 시작해서 저리 기력이 없는 거래. 보다 못한 거위 부부가 친구가 되어주기로 했다는군. 여자는 '저 북극곰 할머니는 외로워 보여'라며 슬픈 눈을 했어. 남자는 여자의 머리를 쓰다듬어주면서 이렇게 말했대. '그래도 저렇게 듬직한 뒷모습을 하고 견디고 있잖아. 분명, 함께한 기억이 있어서 할머니는 괜찮을 거야.' 여자는 그제야 안심한 얼굴을 하고 웃어 보였다는군.

발이 아파서 코끼리 열차를 타고 입구까지 내려오면서 둘은 다음에 동물원에 또 오자고 약속했대. 냄새가 좀 나고, 시설은 좀 낡았지만 그래서 서로의 체취가 더 향기롭고 서로의 모습이 더 싱그러운 동물원에.

누가 가자 했나, 남산

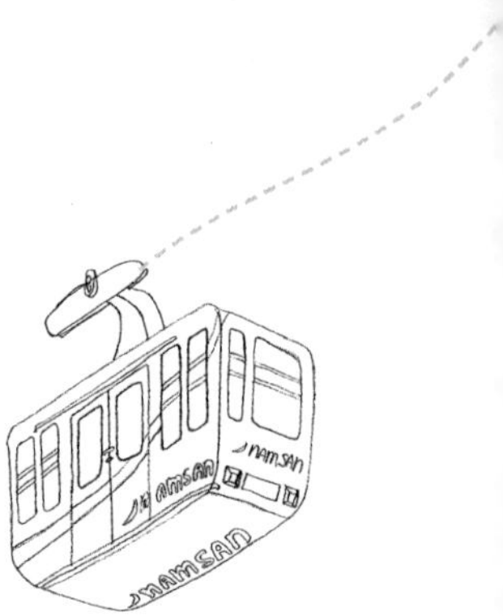

이번에 올라오면 또 친구들하고 술만 먹다 갈 건 아니지?

장거리 연애가 시작된 지 석 달째였다. 벚꽃이 흐드러지게 필 무렵이었고, 이래저래 바쁜 일들이 쌓여 있었다. 그리고 그가 올라오기로 한 주말 전야였다. 우리는 수화기를 붙들고 데이트 계획을 짜느라 바빴다.

주말에 뭐할까 하는 이야기가 오고가다 늘 똑같은 데이트 코스를 벗어나고픈 내가 슬쩍 말을 흘렸지. 서울에 올라온 지 벌써 몇 년째인데 아직 한 번도 남산에 안 가봤다고. 그래서 그가 올라온 토요일 밤, 우리는 남산으로 향했다.

"남산도 안 가보고, 쯧쯧. 케이블카 타고 올라갔다가 슬슬 내려오자." 그는 자신 있게 내 손을 잡고 걸었고, 나는 좋아라 쫓아갔다. 케이블카라니 좀 촌스럽지만 연인답잖아, 하하하. 하지만 모든 일이 청춘영화처럼 로맨틱하지는 않는 법. 생각보다 케이블카는 일찍 끊겼고, 우리는 두꺼운 철사 줄에 매달려 미동도 않는 케이블카를 입을 벌린 채 바라봐야 했다.

그는 여기까지 왔는데…… 내가 산책로를 알아 라며 멋쩍은 듯 나를 잡아끌었다. '그래, 여기까지 왔는데……' 우리는 남산 계단을 나란히 오르기 시작했다.

사람의 보폭을 전혀 고려하지 않은 이상한 계단이었다. 계단 폭은 너무 넓고 높이는 어중간하게 낮아 한 걸음에 오르기도 그렇다고 두 걸음에 나눠서 오르기도 어정쩡한 그런 계단이었다. 이 어정쩡함은 도대체가 그와 똑 닮았다. 다정하지도 그렇다고 또 냉정하지도 않아 사람을 헷갈리게 만들고, 확 끌어당기는 맛도 그렇다고 정중하게 쿨한 맛도 없는 미지근함.

게다가 이 계단은 도무지 끝이 보이지 않았다. 계단의 초입, 나란히 재잘재잘 벚꽃이 예쁘네, 공기가 좋네 감탄하는 우리는 누가 봐도 사이좋은 연인이었다. 그러나 이내 이마에 땀이 나기 시작했고, 다리가 아파오기 시작했다. 케이블카가 실어다주리라 의당 믿었던 나는 굽이 있는 구두를 신고 있었고, 이내 발끝이 콕콕 쑤셨다.

"나, 발 아파." 그는 조금 난감한 표정을 지으며 내 손을 잡아끌었다. 점점 짜증이 치밀었다. '도대체 여길 왜 오자고 해가지고서는! 케이블카가 있다면서! 계단으로 얼마 안 걸린다면서!'
그 말들을 차마 입 밖으로 내지는 못하고 질질 끄는 무거운 발소리로 투덜대다 결국은 입 밖으로 뱉어냈다.

"누가 오자 그랬어, 여기!"

그의 얼굴빛이 변했다. 순간 흠칫했지만 이미 뱉어버린 말, 어쩔 수 없었다. 그래, 싸우자 싸워. 우리는 정말로 싸웠다, 치졸하고 유치하게. 케이블카보다 백배는 더 유치하게. 서로에게 퍼부을 말도 다 떨어질 즈음, 우리는 한숨을 쉬며 또 계단을 올랐다.

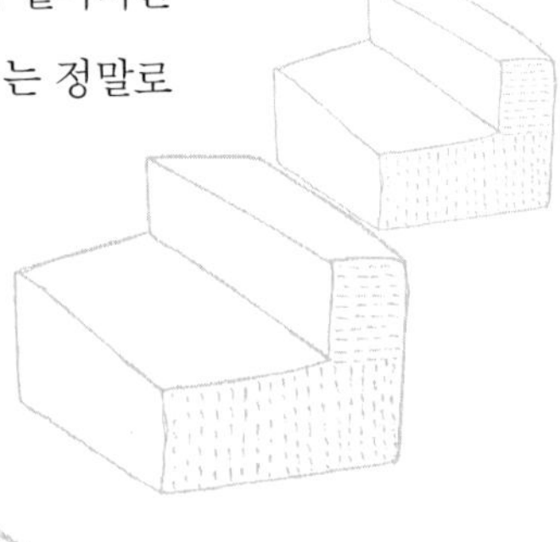

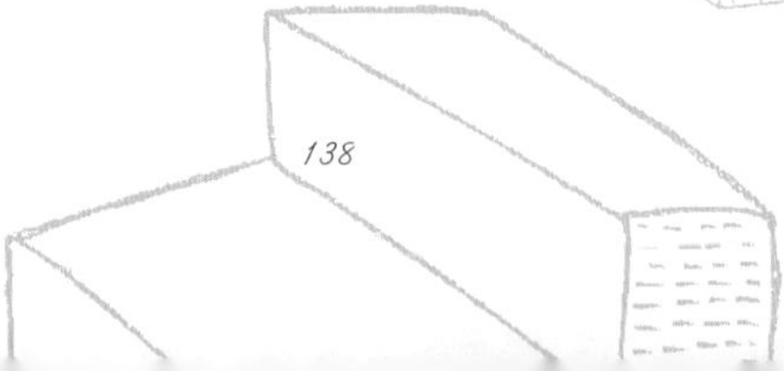

이번엔 손을 놓고, 묵묵히 침묵으로 시위하면서.

이 어색함은 남산의 계단과도 같구나.

언제까지고 끝날 것 같지 않던 계단도 끝은 있었다. 뾰족하게 솟은 남산타워가 눈앞에 나타났다. 그는 아까부터 멀찌감치 뒤에서 나를 따라오고 있었다. 저 쑥맥. '화 풀자' 한 마디면 냉큼 웃어줄 수도 있는데.

낙서로 더럽혀진 봉화대에 오른다. 담에 비해 내 키가 너무 작아 서울이 내려다보이지 않았다. 발끝을 들어 고개를 쑤욱 빼고 반쯤 가려진 야경을 아쉬워하는데 누군가 뒤에서 내 허리를 안아 쑤욱 들어올린다. 풍경이 온전히 제 모습을 드러낸다. 매연의 더러움은 숨고 불빛만이 남은 서울의 야경은 더없이 반짝거린다. 얼굴이 확 달아올랐다.

"내려줘."

그가 팔에 힘을 푼다.

"고마워."

쑥스러워 고개 숙인 내 얼굴을 그가 꽉 감싸 쥐었다. 볼이 눌려 우스워진 얼굴 사이로 웃음이 터져 나온다. 내려가는 길은 훨씬 쉬웠다. 나는 맨발이었고, 그의 손에는 내 구두가 들려 있었다.

"발이 참 작구나."

"키도 작으니까."

따뜻하지도 냉랭하지도 않은 미지근한 바람이 불어 벚꽃 냄새가 한꺼번에 밀려든다. 그 미지근함이 어찌나 편안했는지.

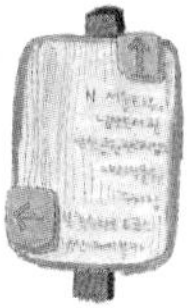

서울의.
재발견.

한가로운 평일이 더 좋긴 하지만, 사람이 붐비는 주말도 나쁘지 않다. 서울의 재발견 코스.

삼청동. 주말이면 놀이동산같이 되어버렸지만 삼청공원은 아직도 한적하다. 삼청공원의 끝자락에 '말바위'로 향하는 길이 나있다. 각오하시라, 이곳은 98퍼센트의 등산코스. 필히 편한 신발을 신어주어야 한다. '도대체 끝이 어디야'라고 한숨이 나올 무렵 서울 성곽과 만난다. 그리고 내려다보이는 낯설고 오래된 서울. 바람에 머리를 날리며 아무 말 없이 웃기만 하면 된다.

창덕궁. 일정 시간마다 상냥한 안내원의 설명을 들으며 걷는 한 시간 반의 고궁. 비원 한 켠에 앉아있으면 여기가 서울이 맞나 싶을지도 몰라. 시간을 거슬러 가는 여행.

성북동. 비둘기만 있는 것이 아니라 훌륭하신 분들의 고택이 있는 곳. 보물찾기하는 기분으로 걷다보면 잡은 이의 손이 보물같이 느껴질거야. 그리고 부암동과 예술의 전당 뒤편 산책로와 선유도공원도 잊으면 안 돼요.

내 인생의 베스트 드라이버

우와, 우리 집도 이제 부자인 거야?

차가 있으면 부자라고 생각했다, 어릴 적에는. 대형차건 소형차건 중고차건 중요하지 않았다. 우리 가족의 첫 차인 은색 중고 '포니2'. 지금은 찾아보래야 찾을 수도 없는 그 포니2를 타고 얼마나 많이 놀러 다녔는지. 거실에 옹기종기 모여 앉았다가도 누가 회 먹고 싶다는 얘기를 꺼내면 그 자리에서 차를 타고 군산항으로 내달리기도 하고, 주말이면 속리산이니 수덕사니 하는 곳들로 비좁은 차에 끼어 앉아 나들이를 했다. 내 역마살의 8할은 부모님에게 물려받았을 게야.

아빠의 운전은 아빠의 성격과 꼭 같았다. 세심하고 사려 깊어 편안하게 잠이 쏟아지는…… 나는 늘 운전하는 아빠의 옆자리에 앉고 싶어했지만 그 자리는 항상 엄마의 차지였다. 엄청 부러웠었다.

아빠의 차가 르망으로, 다시 소나타로 바뀔 무렵 나는 집을 떠나 서울로 올라왔다. 그때부턴 주로 걷고, 버스를 타고, 지하철을 타고, 아주 가끔 택시를 타고, 아주아주 더 가끔 아는 사람들의 차를 얻어 탔다. 그럴수록 아빠야말로 내 인생의 베스트 드라이버라 확신하게 되었다. 스스로 베스트 드라이버라 자랑하던 한 선배는 습관적으로 브레이크를 밟아대어 어지러울 지경이었고, 강변북로를 아우토반처럼 질주하던 한 아저씨는 나와 함께 속도위반 카메라에 찍혔다. 차라리 불친절한 버스의 커다란 덩치가 편안했고 답답한 지하철이 나았지.

그랬는데…… 네가 운전하는 트럭의 옆자리에서 나는 부드러운 꿈을 꾸었다.

너는 그때 아버지의 냉동트럭을 빌려왔고, 우리 동네에서 일을 마치고서 늦은 밤 나를 찾아왔지. '당신 집 근처야. 괜찮으면 볼까?'

나는 왜 그날의 문자메시지까지도 그리 또렷이 기억하고 있을까. 우리 집 앞에 차를 세우고 둘이 편의점을 습격하여 과실주와 육포와 밀감 통조림을 얻었다. 따끈하게 데워진 방바닥에 앉아서 고양이들을 쓰다듬어가며 술을 마시고 이야기를 하고 영화를 보다가 새벽녘에 스르륵 잠이 들었을 거야.

밥 달라는 고양이의 야옹 소리에 화들짝 깨어난 나는 순식간에 지각을 예감했다. 허둥지둥 정신없는 내 부산함을 졸린 눈으로 지켜보던 너는 "괜찮아, 데려다 줄게"라고 말했지. 덕분에 나는 머리를 감을 수 있었어.

트럭은 높았고, 묵직했다. 시동을 걸고 사이드를 풀고 기어를 바꾸고 집을 떠났다. 출근하는 차들로 꼬리에 꼬리를 문 올림픽대로에서 저 멀리 국회의사당의 둥근 지붕과 앞에 늘어선 승용차의 머리를 내려다본다. 풋- 하니 웃음이 나왔다. 트럭을 타고 출근하는 길은 낯설고 우습지만 어딘가 모르게 포근했다.
게다가 너의 운전, 너무 난폭하지도 그렇다고 너무 소심하지도 않은 부드러운 움직임이 고급세단의 뒷자리보다 편안했다. 핸들을 돌리고 기어를 바꾸는 능숙한 손길은 몸에 배어 있으면서도 경쾌했고, 옆자리의 나를 흘긋흘긋 보며 라디오를 틀어주고 이야기를 건네는 너는 아침 해를 받아서 조금 붉었다.
트럭을 타고 출근하는 그 아침에 네가 우리 아빠를 밀어내고 내 인생의 베스트 드라이버가 되었어. 그걸 아는지 모르는지, 나는 마음으로 시상식을 치렀다.

삼성동의 회사 앞에 트럭이 조용히 섰고, 경비 아저씨는 '여기다 주차하면 안 된다'는 '경고형' 얼굴로 다가왔지. 아저씨에게 한소리 듣기 전에 나는 재빨리 너에게 고맙다는 눈웃음을 지어 보이고는 손을 흔들며 트럭에서 뛰어내렸다. 상호와 전화번호가 적힌 은색 냉동트럭은 부르릉 거리며 뒤를 보였고 나는 경비 아저씨의 의심스런 눈초리를 애써 무시하며 사무실로 뛰어 올라갔다.
책상 앞에 앉아 뛰는 가슴을 쓸어내리며 킥킥대고 웃던 그날, 윈도우의 시작음은 유난히 경쾌했다.

그렇게 단 한 번이었다, 네가 모는 트럭의 옆자리. 번쩍이는 외제차의 옆자리가 절대 부럽지 않은 정말 반짝이는 드라이빙이었어.

내 인생의 베스트 드라이버. 땡큐 베리 머취.

드라이빙.
로망.

후진할 때는 꼭 한 손으로 핸들을 잡고 다른 한 손으로 내가 앉은 좌석을 잡고는 목에 힘줄이 서도록 고개를 뒤를 돌려야 한다. 드라이빙 뮤직으로는 살랑살랑한 <Paris match>가 좋겠다. 간식거리는 한입에 쏘옥 들어가는 것으로. 내가 귤을 까서 나 두 개, 그의 입에 한 개를 넣어주면서 사이좋게 먹는다. 햇살에 살짝 눈이 부신 날도 좋고, 부드럽게 비가 내리는 날도 좋겠지. 휴게소에서는 반드시 핫바를 먹어야 하고, '노골쏭' 같은 휴게소 음악들을 구경하며 깔깔거린다. 그리고, 그리고……
종착지에서는 꼭 둘의 얼굴이 가득 담긴 셀프카메라를 찍을 것.

카레는 다 같이

열른 집에 가서 쉬고 싶다.

달력상으론 늦은 봄이었지만 이미 기온은 여름으로 달려가고, 마음은 여전히 봄에 머물러 있는 요즘이었다. 아직은 반팔이 좀 낯설게 느껴져 긴팔 티셔츠를 입은 나는 등줄기를 타고 흐르는 땀방울에 후회로 얼굴이 찡그려졌다. 어릴 적에는 시간의 흐름과 계절의 변화가 참으로 반갑고 자연스러웠던 것 같은데 나이를 가리키는 숫자가 커질수록 변화에 적응하지 못하는 이 아둔함이 원망스러웠다. 퇴근길의 만원 지하철은 후덥지근함과 사람들의 땀 냄새와 퇴근길 피로가 더해져 사람을 한결 지치게 만든다.

가방에서 책을 꺼냈다. 남자 주인공이 또라이짓을 하며 여자 주인공이랑 드잡이를 하는 흥미진진한 부분까지 읽다가 밀려드는 사람들 때문에 어쩔 수 없이 책을 덮었다. 대신 지하철 곳곳에 걸린 광고물들을 올려다보며 꼼꼼히 읽기 시작했다.

'영어가 내 인생을 가로막을 때' 라는 명카피가 내 가슴을 깊이 찔러대는 바람에 그 영어학원에 등록해볼까 잠깐 생각했다가, 이내 불규칙한 퇴근시간과 부족한 잠을 생각하며 '인생 뭐 있나' 라고 도리질 친다. '언니 나 어떡해 자꾸 홍초가 좋아져' 라는 미용에 좋다는 마시는 식초 광고를 보면서 '어떡하긴 뭘 어떡해, 좋으면 마시면 되지' 라고 콧방귀를 뀌다가 미용과 다이어트에 좋다는 음료로 도배된 편의점 냉장고에서 늘 설탕이 잔뜩 든 캔커피를 꺼내 들고야 마는 나를 되돌아보며 잠깐 반성할 뻔 한다. 나는 내가 좋다는 통신회사 서비스, 새로운 세상으로 들어오라는 온라인 쇼핑몰, 자꾸 뭘 안다고 늘어놓는 포털 사이트 광고를 지나 내 눈길이 머문 곳은 강황이 많이 들어 몸에 좋다는 카레 광고.

아, 카레. 나는 갑자기 배가 고파졌다. 정통 인도식당의 '커리' 도 좋지만 역시 마트에서 파는 고형카레를 사다가 감자랑 당근이랑 돼지고기를 잔뜩 넣어 끓여내는 카레가 최고지. 뜨끈한 밥에 올려 쓱쓱 비벼서 김치랑 피클이랑 같이 먹어야만 하는 그것. 나는 맛있는 카레 향을 떠올리며 오늘 저녁은 기필코! 주먹을 쥐진 않았지만 어쨌든 카레를 먹기로 결심했다.

지하철에서 내려 한달음에 근처에 있는 대형 마트로 들어갔다. 맛있지만 비싸서 자주 못 먹는 일본산 카레를 야심차게 바구니에 집어넣고, 감자랑 당근이랑 양파랑 돼지고기를 사서 신나게 계산대를 통과해 만족스런 미소를 지으며 나왔다. 그리고 마트의 출구, 나는 덜렁거리는 비닐봉투와 함께 갈 곳을 잃고 말았다.

이걸 혼자? 카레가 맛있는 건, '다 같이' 먹기 때문인걸.

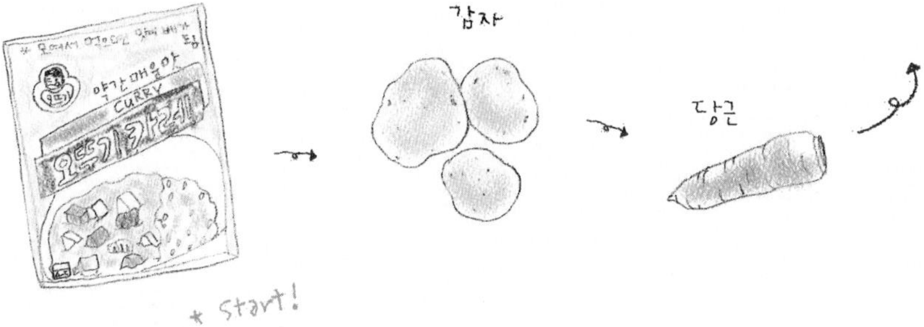

우뚝 선 발걸음이 3분 47초를 서성이다 집과는 반대 방향으로 향한다. 또각거리는 구두소리가 점점 빨라졌다. 전화를 할 생각도 안 하고 무작정 그의 집 현관문을 열고 들어간다. 웃통을 벗은 채 담배를 물고 컴퓨터 모니터를 기웃거리던 그가 화들짝 놀라 일어서다 담뱃재를 바닥에 떨어뜨리고 말았다.

'어쩐 일이야' 라고 묻기 전에 나는 재빨리 볼에 뽀뽀를 해주며 카레 해먹으려고 라는 이른 대답을 내놓는다. 놀란 눈썹이 제자리를 찾은 그는 이내 고개를 끄덕이고는 전화기를 들어 "방금 시킨 짬뽕, 죄송한데 취소해주세요" 라고 예의 바르지만 재빠르게 말하고 수화기를 내려놓는다. 그리고는 "피곤하다기에 그냥 집에 가는 줄 알았지. 근데 돼지고기는 사왔겠지?" 라고 무심한 말끝에 기대감을 담아 물었다. 당근입지요.

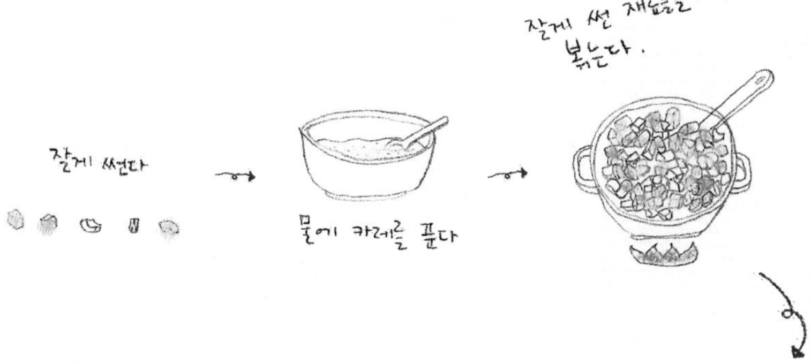

"감자 껍질 좀 벗겨줘."

우리는 말없이 나란히 서서 감자 껍질을 벗기고 당근을 씻고 칼질을 한다. 양파를 써는 칼 소리가 경쾌하게 울리는 가운데 눈물을 쓱 닦아낸다. 내가 냄비에 감자와 당근과 양파와 고기를 넣고 볶는 동안 그는 카레를 물에 개었다. 덩어리진 것을 다시 한번 꾹꾹 눌러 냄비에 붓고는 물을 한 대접 붓고 잘 젓는다. 이내 카레 향이 온 집 안을 뒤덮었다.

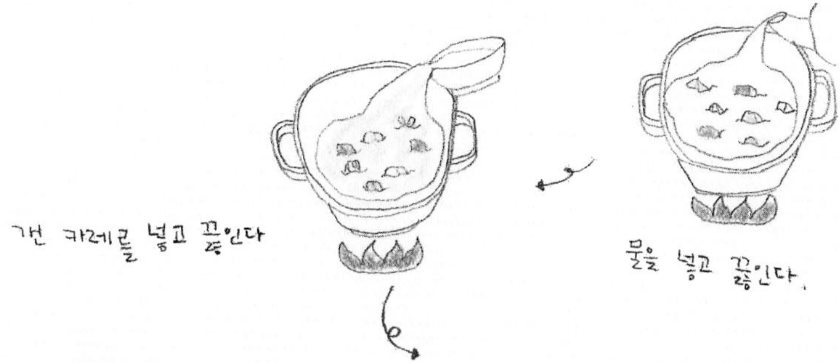

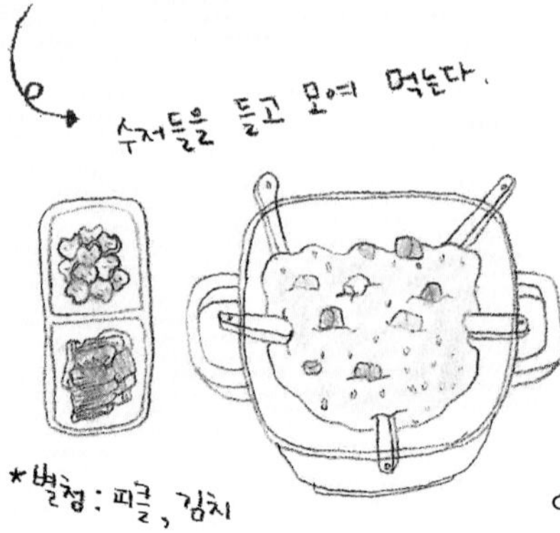

내가 고개를 끄덕이자 그는 수화기를 다시 들고 어딘가로 전화를 돌리기 시작한다. 약간 묽은 카레가 완성되었을 때, 하나 둘씩 현관문을 밀고 들어온다. 피클과 김치가 당도했다.

자, 상 펴자.

김이 모락모락 나는 카레 냄비를 통째로 상 위에 턱 하니 올려놓고, 밥통에서 12시간은 족히 머무른 밥을 퍼서 카레를 담는다. 뜨거운 카레를 입에 넣고 후후거리며 TV화면에서 흘러나오는 시시한 오락프로그램에 낄낄거리며 우리는 카레 냄비를 싹싹 비운다. 그래, 역시. 카레는 다 같이.

카레가 눌러 붙은 냄비를 개수대에 처박고 담배를 하나씩 물고는 사다리를 그린다.

자, 누군지 몰라도 설거지를 해볼까.

tip. 20

또 한 번.
전설의 카레.

환상의 카레를 만드는 방법은 이러하다. 금요일 밤, 친구들과 카레를 한 솥 끓여 먹는다. 이때 오뚜기 분말 카레랑 일본제 고형 카레를 반반 섞어서 재료를 듬뿍 넣어 좀 많이 끓인다. 배부르게 먹다 남긴다. 화려한 토요일 밤을 밖에서 보낸다. 일요일 늦은 오후, 먹을 걸 주섬주섬 찾다가 먹다 남긴 카레가 담긴 솥을 발견하고 놀라는 척한다. 데워 먹는다. 아아, 이것이 전설의 카레.

cafri
BECK'S
Cass
Fresh

cycle 3. 세포 분열기

삼키기 힘든 소주의 비릿함

형광등, 깜빡이기 전에

알람이다.

소리가 너무 길어지기 전에 재빨리 손을 뻗어 핸드폰을 움켜쥐었다. 그는 한 번 뒤척였지만 여전히 잠에 빠진 채다. 되도록 소리를 내지 않으려 주의하면서 옷을 챙겨 입는다. 엎드려 자서인지 유독 부은 눈을 손가락으로 꾹꾹 눌러 가라앉히며 그의 방을 빠져나왔다. 뒤를 돌아본다. 여전히 그는 잠에 빠진 채다.

여느 날과 비슷한 아침이었는데 어쩐지 조금 서운한 기분이 들었다. 예전의 너는 꼭 골목 어귀까지 나와서 나에게 손을 흔들었는는데. 내가 늘 "괜찮아, 얼른 들어가 다시 자" 라고 해도 "아니야" 라며 졸음이 달린 입술로 이마에 뽀뽀를 해주었는데.
당신은 이제 내가 이렇게 출근해버려도 괜찮은가 봐. 눈도 뜨지 않나 봐. 하긴, 금세 또 볼 테니까 괜찮은 거겠지.

어젯밤에 그의 집으로 간 걸 뒤늦게 후회한다. 밖에서 저녁을 먹자고 졸랐는데 반응이 영 시큰둥했지. 한번쯤 토라진 척하며 다른 친구를 만나도 좋았을 텐데 못 이기는 척 찾아가 밥까지 챙겨 먹였어. 미련하게시리.

바삐 돌아가는 오전 시간, 아이디어 회의를 하고 점심을 먹고 돌아와도 그에게서 연락은 없다. 점심시간에는 꼭꼭 연락을 주던 그였는데…… 내가 전화를 건다. 신호가 몇 번 떨어지기도 전에 그가 전화를 받는다. 왜 전화 주지 않았느냐 묻기가 차마 민망하여 그저 잘 자고 일어났는지 밥은 먹었는지 몇 마디 건넸다. 당연하듯 돌아온 짧은 대답. 응.

퇴근 시간. '퇴근해' 라는 문자를 보내려다가 그만 두었다. 어차피 무심한 '응' 외에 나올 게 없을 것 같아서. 오늘은 그걸 그대로 받아내기 힘들 것 같아서 그냥 집으로 돌아가기로 한다. 한동안 이렇게 한가로운 시간을 보낸 적도 없으니 기분이 좀 나아질 것도 같았다.

철커덩철커덩 푸시시시시식. 지하철 2호선은 오늘도 무심한 소음을 내며 달린다. 집에 돌아와 형광등의 스위치를 올리고 고양이들의 빈 밥그릇을 채우고 침대에 비스듬히 누워 TV를 보았다. 내가 미처 챙겨보지 못한 〈CSI〉 에피소드가 방영되고 있다. 마침 잘 되었다.

츠즈즈즈즈즈즈– 방 어디선가 낯선 소리가 들렸다. 고양이 한 녀석이 새로운 장난감을 찾아내어 신나게 긁고 있는 게지. 하지만 이내 깜빡깜빡. 방 안은 일정한 간격을 두고 빛의 명암을 달리 한다. 깜빡, 하는 한 번에 내 동공도 커졌다 작아졌다 한다. 깜빡, 하는 두 번에 내 마음도 커졌다 작아졌다 한다. 마침내 방 안이 한 단계 어두워졌다.

형광등 하나가 나가버렸다. 내가 이 집에 머문 지도 400일이 넘었으니 그럴 때도 됐지. 어둠에도 단계가 있다는 걸 빛의 수명이 다해서야 알게 되는군. 서서히 빛을 잃어가다가 마지막 순간에서야 파르르르 소리를 내며 툭, 계단 내려서듯 어두워진다.

의자에 올라서서 까치발을 하고 전등갓을 떼어낸다. 선이 고스란히 드러난 속. 나란히 붙어 있는 형광등 세 개 중 왼쪽 형광등이 까맣게 변했다. 벌 받듯 두 손을 뻗어 빛 잃은 형광등을 떼어낸다. 불은 꺼졌으나 아직 뜨끈하다. 흔들어보니 달그락달그락 소리가 나는 것이 무언가 안에서 끊어진 것도 같았다. 마치…… 내 연애 같다.

의자 위에 올라선 채 온기가 남아있는 형광등을 들고 다시 흔들어본다. 그 '안녕' 하는 달그락 소리에 눈물 한 방울이 또르르 흘렀다.

나는 어두운 방에 있다.

tip. 21

슬픈.
징후들.

슬픈 예감은 왜 틀린 적이 없나. 이 노랫말이 진실인 것은 유감이다. 좀 틀렸으면 좋겠지만 불행히도 슬픈 징후들은 놀라운 정확도를 자랑한다. 눈치가 남들보다 더 빠르다거나 더 예민해서 그런 것이 아니다. 슬픈 징후들은 내가 그 사람을 좋아하기 때문에 더 잘 알 수 있다. 늘 그 사람에게 안테나를 세우고 눈길이 고정되니 알기 싫어도 알게 될 밖에. 이것 역시 슬픈 아이러니다.

그의 눈이 좀처럼 나를 향하지 않는다. 마주 보고 잘 웃지를 않는다. 대화가 뚝뚝 끊긴다. 침묵이 편하지가 않다. 권태가 묻어나는 짧은 대답들. '잘 가'라며 바로 뒤돌아서는 뒷모습. 마음이 느껴지지 않는 스킨십.

좀처럼 잡지 않는 손. 데이트를 귀찮아하는 기색. 전보다 두 배는 늘어난 피로감. 겉도는 화제들.

시작의 징후들과 저 반대편에 붙어 있는 슬픈 징후들이기에 설렘 대신 불안으로 심장이 뛴다. 그리고 가장 나쁜 징후는 그런 나의 불안감에 위로가 아닌 신경질로 대답하는 그. 그리하여 단 한 번도 생각해본 적이 없는 '헤어진다면 어떨까'라는 질문들이 머릿속에 맴돌기 시작한다.

이런 징후들은 슬프지만 필연적인 것일 수도 있다. 이런 징후들의 유일한 장점은 '준비할 시간'을 준다는 것뿐. 하긴 아무리 준비하여도 당황스럽고 마음 아프긴 마찬가지지만 말이다.

파리에서 보낸 엽서의 실종사건

여행은 늘 혼자가 좋다고 생각했다.

일 년치 연차를 싹싹 긁어모아 명절 연휴와 붙여 한방에 쏟아붓는다. 서른 줄에 들어선 처녀의 명절은 시집 가라는 잔소리를 온몸으로 막아내는 전장戰場, 그 이상도 이하도 아니다. 엄마한텐 미안하지만 올해도 어김없이 배낭을 메고 파리행 비행기에 몸을 싣는다.

비행기에 오르기 전, 너는 잘 다녀오라고 사랑한다고 하트를 열 개나 붙인 메시지를 보내주었다. 보름간의 배낭여행은 그렇게 시작되었다.

낭만의 도시 파리는 낭만적이었지만 현실적이기도 했다. 어디서나 흔히 보는 관광객에 대한 환영인사는 찾을 수 없었고, 나는 파리의 이방인으로 일주일을 살았다. 아무도 가식적인 인사를 건네지 않는다는 것이 나를 편하게 했다. 그저 널린 강아지 응가를 요리조리 피해 파리를 즐기기만 하면 되었다. 오래된 건물 사이를 누비고, 오래된 책방을 찾고, 카페에서 에스프레소와 공기를 소진하고, 수다 떠는 파리지앵을 구경하고, 센 강변을 걸었다. 파리의 보름달을 보는 나는 철저히 혼자였으나 그래서 그 순간이 더 소중했다. 부재로 존재가 증명되는 사랑이 파리에 있었으니까. 혼자 먹는 저녁식사와 혼자 하는 산책 속에서 나는 그의 모습을 발견했다. 그립지는 않았다. 그리운 건 어쩐지 너무 아련했다. 그는 엄연한 현실이었고, 내 곁에 있는 존재였으므로. 다만 그의 얼굴을 떠올리며 도미토리의 새하얀 시트에 대고 사랑한다는 숨을 토해냈다.

파리의 몽마르트 언덕을 뒤지고 다니다 내려오는 길, 꽃가게와 정육점을 지나 아멜리에가 일했던 〈카페 데 두 물랭cafe des 2 moulins〉에 들어가 진한 커피와 크로와상을 먹었다. 아멜리에는 사라지고 없었지만, 소박한 일상의 분위기는 남아 있었다. 동네 사람들이 와서 커피를 마시고 담배를 피우고 맥주를 먹고 수다를 떠는 파리 어디

071215 03:23 M4L 3TD
Santa HOHOHO Père
Air Mail Par avion
43-073-039 (02-12)

서나 볼 수 있는 낡은 카페. 그 한쪽 구석에 이방인의 모습을 하고 앉아 몽마르트 언덕에서 산 사진엽서를 꺼냈다. 어느 건물의 지붕에 고양이 한 쌍이 나란히 앉아 에펠탑을 바라보는 뒷모습이 찍힌 파리다운 흑백 사진엽서였다.

'당신도 같이 왔으면 좋았을 텐데. 몽마르트 언덕은 생각보다 훨씬 좋았고, 샹젤리제 거리는 아름답기보다 그저 번쩍거릴 뿐이었어. 어쨌든 파리는 참 걷기 좋은 도시야. 다리가 아프다 싶어도 다음 행선지의 꼭대기가 멀리 보여서 걷고 싶은 욕망을 자극해. 요리도 아주 좋아. 다만 혼자 먹는 저녁은 쓸쓸해. 파리는 당신의 존재를 두드러지게 만들어. 보고 싶어. 여전히 무뚝뚝하게 '응'이라 답할 당신이지만, 그래도 돌아가면 제일 먼저 당신의 팔을 베고 푹신한 잠을 잘 테야.'

커피 방울이 흘러 갈색 얼룩이 남았다. 나는 엽서에 살짝 키스를 하고 식어버린 커피를 모두 들이켠 후 카페를 빠져 나왔다. 이 엽서는 나를 실은 비행기와 엇비슷하게 도착할 것이었다. 기뻐해줄까.

남프랑스를 거쳐 알자스 지방까지 갔다가 다시 파리로 돌아와 서울로 가는 비행기에 몸을 싣고 일상으로 돌아온 지도 어느덧 오래. 나는 돌아왔지만 엽서는 도무지 돌아올 생각을 하지 않았다. 어찌 된 일인지 파리에서 그를 향해 날린 엽서는 실종되고 말았다. 그리고 엽서와 함께 그의 마음도 실종되었다.

어떻게 되어버린 것일까. 왜 그렇게 되어버린 것일까. 나는 당신 존재를 이렇게 똑똑히 목도하고 돌아왔는데, 나의 그 짧은 부재 동안 당신은 어째서 마음까지 부재 중으로 만들어버린 것일까. 울기도 해보고 화도 내보고 달래도 보고 침묵하기도 해봤지만 사라진 마음은 되찾을 수 없었다. 사라진 엽서를 찾을 길이 없는 것처럼.

우연을 운명이라 느끼면 사랑이 시작되는 것처럼, 사랑의 끝도 우연의 신호를 운명으로 받아들이는 순간 이루어지는 것일지도 모른다. 나는 그냥 그렇게 생각하기

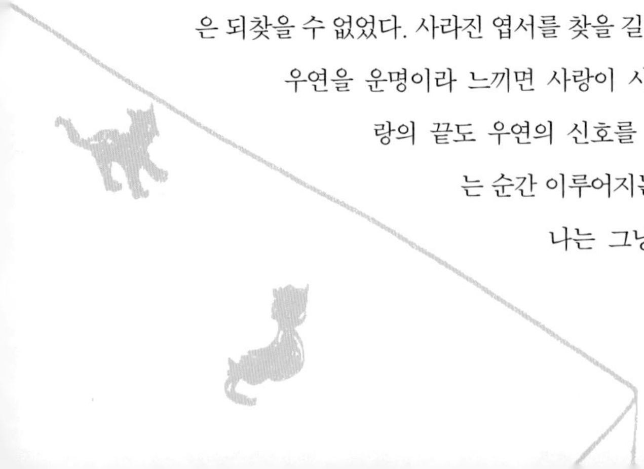

로 했다. 파리에서 보낸 나의 엽서가 당신의 마음을 싣고 실종되었다고. 이건 우체국 탓이라고. 아무리 '왜냐고' 물어봐도 마찬가지다. 이미 그냥 그렇게 사라져버렸으니까.

언젠가 돌아올 수 있을까? 어쩌면 돌아올 수 있을지도 모른다. 하지만 그땐 너무 오래 떠돌아다녀 지쳐버린 글씨를 도무지 알아볼 수 없을 거야. 뒤늦은 엽서는 반갑기보다 그저 추억을 반추하는 예기치 않은 선물일 뿐.

하지만 체념해도 받아들여도 조금 궁금하긴 해. 실종된 엽서는 어디를 떠돌고 있을까. 아직 파리에 머물러 있을까 아님 바다 속에 가라앉았나. 그것도 아니면 혹시 네 서랍 속에 나 몰래 잠자고 있을지도.

tip. 22

낯선 소인이. 찍힌 엽서.

세계 어디를 가나 그저 그런 엽서들을 판다. 그저 그런 엽서들이 생명력을 가지는 것은 그 엽서의 하얀 뒷면에 빼곡히 글씨를 채우고 침 바른 우표를 붙이고 낯선 언어의 소인이 찍히는 순간. 짧은 여행이라서 당신이 비행기를 타고 돌아오는 것보다 훨씬 뒤에야 그 엽서가 도착한다 하더라도 아마 면세점에서 산 립글로스 보다 그 엽서가 더 기억에 남는 선물이 될 것이다. 혼자라서 외로운 여행, 낯선 카페에서 맥주 한 병을 앞에 두고 써내려가는 엽서는 아마 당신에게도 가장 즐거운 순간이 될지리니. 멀리멀리 바다를 건너온 마음이야 낡고 바래버렸지만 그래서 더 정겨운 법.

슬픈 트로트

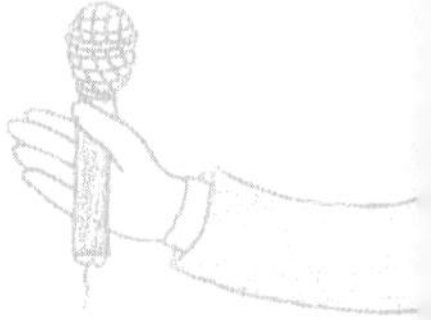

띠링-

메신저가 나를 불렀다. 오렌지색으로 반짝이는 대화창 너머에 그의 이름이 있었다. 잠시 시간을 두자는 네 말에 밥은 먹었는지, 오늘 하루 잘 지냈는지 묻고 싶은 마음을 꾹꾹 누르고 참은 지 딱 열흘째 되는 날이었다. 마우스를 쥔 손끝이 저릿해왔다. 나쁜 예감은 절대로 틀리는 법이 없다는데.

'지치지 않나'
대화창에 뜬 글자는 그랬다. 이제 그만하자 까지 읽고 나는 로그아 웃을 누르고 메신저 창을 닫았다. 눈앞이 흐려져서 더 이상 읽을 수도 없었으니까. 대신 의아한 눈길로 쳐다보는 회사 동료들을 피해 화장실로 달려갔다. 문을 걸어 잠그고 가늘게 떨리는 손으로 그에게 전화를 건다.

"얘기는 직접 얼굴 보고 하자. 그게 사람에 대한 예의라고 생각해. 지금 갈게." 되도록 떨지 않고 차분하게 말하려고 나는 목구멍을 쥐어짰다. 그는 마지못해 알겠다고 답했고 뚜뚜 소리가 나는 핸드폰을 쥐고 나는 심호흡을 했다. 울지마울지마. 목구멍 너머가 뻐근하니 아파왔다. 금방이라도 녹아내릴 듯한 눈동자에 힘을 준다. 불뚝 솟아오른 눈밑을 가만히 눌렀다. 손이 너무너무 차가워서 서러웠다.

좋지 못한 일이 생겨서 조퇴하겠다고 던지듯 말하고는 회사를 도망쳐 나왔다. 예기치 않게 맞이하는 오후의 빛을 피해 나는 택시를 잡아탔다. 그의 동네 이름을 댄다. 강남의 차도는 꽉꽉 막혀 있어서 길은 더뎠다. 라디오에선 흥겨운 트로트가 연신 흘러나왔고 택시기사님은 흥얼흥얼 그걸 따라 불렀다. 실연을 이십여 분 앞두고 있는 여자를 뒷좌석에 태운 채 쿵짝쿵짝 풍악을 울리며 한강을 건

너는 택시. 역시 현실은 드라마처럼 적절한 BGM을 제공해주지는 않는다. 갑자기 모든 게 우스워서 헛웃음이 나왔다.

익숙한 골목 앞에 택시가 선다. 질질 끌듯 발걸음을 옮겨 현관문을 두드린다. 알 듯 모를 듯 애매한 표정으로 나를 맞이한 너의 얼굴에는 피로만이 선명하게 느껴진다.

"오랜만에 보네."

나는 침대에 앉아, 너는 의자에 앉아 서로의 얼굴을 똑바로 보지 못한 채 입을 열었다. 평소와 별다를 것도 없는 방 안에서 우리는 삼십 분 정도 이야기를 나눴다. 너는 여전히 별다른 말이 없었다. 다른 것이 있다면 그 삼십 분이 기록적으로 길었다는 것과, 내가 결국은 눈물을 방바닥에 흩뿌렸다는 것과, 너의 포옹이 마지막이었다는 것과, 그 현관문에 다시 들어서는 일은 없을 것이라는 것.

"잘 지내."

나는 빨개진 눈을 웃어 보이며 손을 흔들었다. 너는 고개를 끄덕였다. 문이 닫히는 소리가 들리고 나는 뒤를 돌아보았다. 약간 기울어진 101호. 다시 열리는 일은 없었다. 그래, 이게 시작과 끝이지. 뒤를 돌아보았을 때 손을 흔드는 너는 이제 없다.

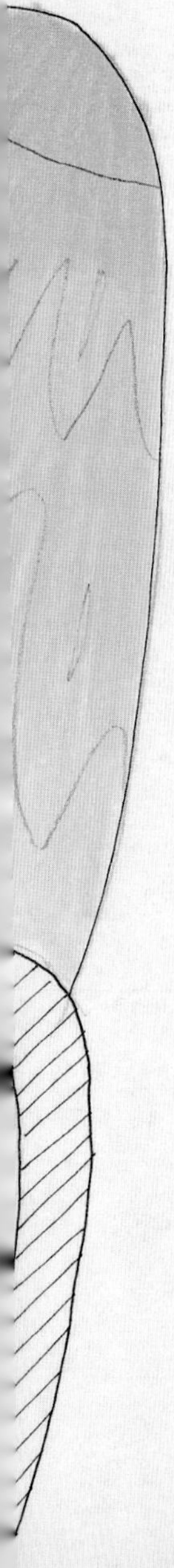

택시에서 들었던 트로트가 불현듯 떠오른다. 손수건을 흔들면 님이 오신다기에…… 태진아 아저씨였나. 나는 헛웃음이라도 지어야 했다.

집에 돌아와 두터운 이불 아래서 뒤척거리며 얕은 잠을 잤다. 받아줄 이 뒤돌아섰으니, 향할 곳 없는 마음은 집안을 부유한다. 아마도 봄이 오면 열어놓은 창문을 통해 은근슬쩍 날아가겠지.

그러니 오늘 하루만 너를 미워하자.

tip. 23

순간의.
삐지엠.

그 장면을 떠올리면 떠오르는 노래들. 그 노래들은 특별하다. 아무리 내 취향이 아니어도 그건 마치 초강력 순간접착제로 잘못 붙여버린 피규어의 뒤집어진 다리와도 같아서 어찌할 수 없다. 조금 시간이 흐른 후에 씨디를 하나 만들어보는 것도 재미있을 것 같다. 그 사람과의 연애를 총망라하여 그 사람의 이름을 붙인 음악 씨디.

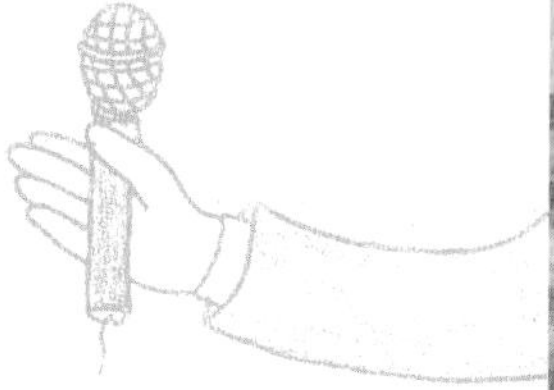

나의 경우에는 1번 트랙이 언니네 이발관의 <순간을 믿어요>, 2번 트랙이 이승환의 <크리스마스에는>, 3번 트랙은 John Mayer의 <Your body is wonderland>, 4번 트랙은 최백호의 <낭만에 대하여>, 5번 트랙은 이상은의 <어기여 디여라>, 그리고 홀리홀리 마지막 트랙은 태진아의 <노란 손수건>이다. 하하하.

사람과 사람 사이에 틈이 있어

왜 그랬을까. 도대체 왜 그랬을까.

어쩌면 마음이 그렇게 순식간에 실종되고, 다른 사람한테 확 타오를 수 있는 거지? 엽서 한 장의 무게만큼 네 마음도 그리 가벼웠던 거야?

나는 비명처럼 말을 쏟아내고 있었다. 그 누구를 향한 이야기도 아니고 그저 공허할 뿐인, 이제 과거가 되어버린 것에 대한 회한. 그건 아직 끝나지 않은 마음을 속성으로 태워버리려는 몸부림에 가까웠다. 술이 그것을 가속하며, 이야기는 이를 부채질을 한다. 가끔 맞장구를 쳐주며 담담히 듣고 있던 사람이 조용하고 부드럽게 얘기한다. 제일 궁금한 것은 '왜'이지만, 실은 '그랬다'는 것 외에는 누구도 알지 못한다고.

신중하진 못했지만 어여쁘게 시작한 사랑이었다(고 생각했다). 봄여름가을겨울 그리고 봄은 행복의 절정이었고, 여름은 긴장감은 사라졌을지언정 살랑살랑 부는 선풍기 같았다. 그리고 가을. 가을의 반은 조금 힘겨워하다 다시 끌어안고 행복에 젖는 파도 같은 연애였다. 그리고 나머지 가을의 반은 할아버지의 할아버지의 할아버지도 기억 못 할 만큼 오래 전에 지나간 빙하기 같았다.

모든 것이 변했지. 아니, 우리의 관계만이 변하고 주변의 모든 것은 그대로였다. 허나, 그는 내 세계의 절반쯤은 되었으니 반절은 변했다고 말해도 될 것이다. 변화를 눈치채는 것은 순간이었다. 더이상 내 손을 찾지 않는 너의 손과 더이상 내 말에 귀 기울이지 않는 너의 귀와 나 대신 다른 이를 향해 웃는 너의 눈이 얘기하고 있었다. 그렇지만 나는 팔짱을 끼고 귀를 막고 눈을 닫아 그것을 부정하려 애썼다. 어두운 한 달이었다.

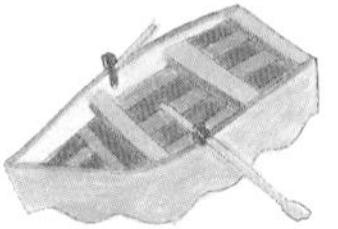

결국 너는 지쳤다고 얘기했지. 나도 지쳤어. 아무리 널 사랑해도, 나는 나를 더 사랑하니까. 이렇게 상처받는 기간을 지속하기보다는 헤어지는 편이 백 번 나았다. 그렇게 헤어졌고, 초겨울에 접어들자 비교적 괜찮은 날들이 점점 많아졌다.

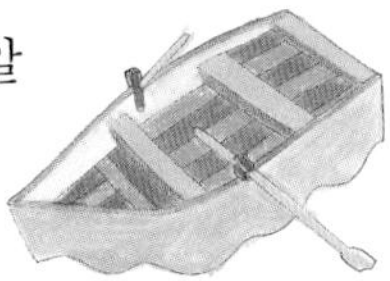

다른 고운 이가 당신과 나 사이에 있었다는 걸 알게 된 것은 완연한 겨울에 접어들고 하루 이틀쯤 지난 어느 날이었다. 나는 솔직하게 분노했다. 나 아닌 다른 사람을 사랑했다는 것에 대한 분노가 아니었다. 헤어진 후 네가 보여준 절망의 몸짓이 나와의 이별 때문이라고 믿고 있었는데 그건 단지 나의 착각일 뿐이었다는 깨달음에 대한 자괴감이었다.

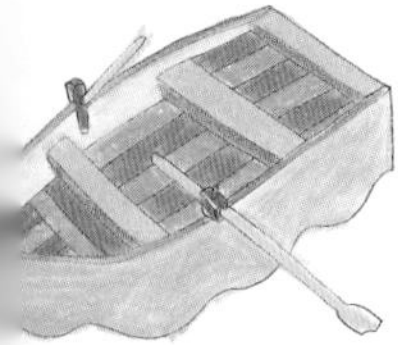

나 아닌 다른 이의 존재를 인식한 건 변화를 알아챈 순간과 일치했다. 너는 부정했고 나는 그걸 믿었지. 떨떠름했지만 그렇게 믿어야 한다고 생각했거든. 그리하여 의심으로 너덜해진 내 자신을 책망했다. 이 못난 것, 쓸데없는 의심을 사람에게 덧씌우다니 못나고 못났다고 뜬눈으로 지새우는 자책의 밤을 보냈는데 그 밤들은 실제로 필요 없는 것이었다.

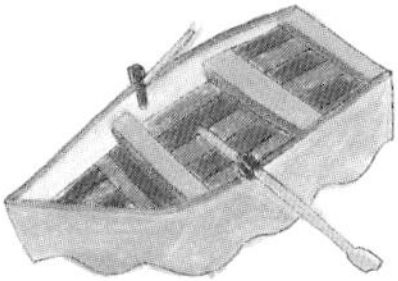

뒤늦은 분노는 하루면 충분했고, 남아 있던 미련한 미련들을 털어냈다. 모르는 게 약이라지만 효과가 나니 차라리 잘되었다 싶었다. 다만 괜찮은 청춘 소설 같았던 연애가 뒤늦게 유치하고 우스운 아침 드라마처럼 변해버렸다는 사실이 제일 견디기 힘들었다. 적어도 '이십 대의 마지막 연애는 아름다웠노라'고 기억하고 싶었는데.

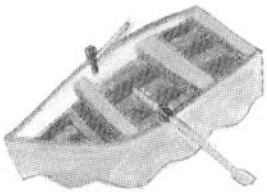

나는 엽서와 함께 묻어버렸던 '왜'에 대한 답을 다시 구하고 싶어졌다. 정답은 알지 못한다. 그저 나는 짐작할 뿐이다.

너는 너와 나 사이에 틈을 벌여왔구나, 나는 보지 못하는 틈. 그리고 다른 이는 사람과 사람 사이에 있는 그 틈을 보았구나. 나는 사람과 사람 사이에 섬이 있어 그 섬에 가고 싶다는 시구詩句를 믿었는데, 실은 사람과 사람 사이에는 틈이 있어 문풍지를 바를 뿐이었다.

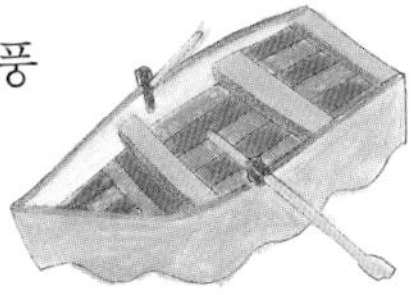

이것이 우리의 차이라고, 애매모호하게 결론짓는다. 불면의 밤을

이렇게라도 끝내고 싶다.

갈라진 틈은 이미 그리 된 것. 겨울의 찬바람이 매섭게 파고들 것이니, 나는 따뜻한 섬을 찾아가야 한다. 어여 어여 노 저어 가자.

tip. 24

마음을.
속이기.

진짜 거짓말쟁이는 자신이 한 거짓말을 사실로 믿는 사람이다. 그런 의미에서 우리 모두는 한번쯤 진짜 거짓말쟁이가 된 적이 있다. 마음대로 되지 않는 것이 마음이라서 진심이야 어찌되었건 죄책감을 덜 갖는 쪽으로 믿어버린다. 일찌감치 다른 이에게 보낸 마음, 아니라고, 그저 나중에 '순간이동' 해버린 것이라고 믿어버리는 것처럼. 하지만 내가 네가 슈퍼 히어로가 아니듯 내 마음도 네 마음도 초능력은 없다. 사랑에 대처하는, 이별에 대처하는 어른스러운 자세는 속이려 드는 마음을 직시하는 것. 마음이야 나중에 발가벗고 나설 텐데, 원망 듣지 않도록 말이다.

수렁에서 나를 건진 떡볶이

도대체 며칠째인 거지.

햇빛이 느슨하게 바닥을 비추는 비좁고 어두운 원룸에 여전히 널브러진 채였다. 닷새인가, 엿새인가. 도무지 기억이 나지 않는다. 술을 아무리 마셔도 기억의 화면에 비는 내릴지언정 좌라라락 끊김 없이 연결되던 나였는데 술 한 방울 마시지 않은 채 이리도 감각을 잊다니…… 정신감응신체. '건강한 육신에 건강한 정신'이라고 삼색선을 그은 나의 훼이보릿 운동화가 하는 말이 무색하게 나는 정신 상태에 따라 육신이 꼭두각시 인형처럼 제멋대로 움직였다.

까르르르 하는 웃음소리가 거슬려 TV고 라디오고 끊어버린 지 오래. 낯선 내 목소리를 견딜 수 없어 전화기도 꺼버린 지 오래. 벽지의 무늬만 눈에 선명하게 박혀 눈을 감고도 하나하나 구석구석 그릴 수가 있었다. 침대가 움푹 패여 허리가 아팠다.

유령처럼 건들건들 화장실에 가 거울을 바라보니 낯선 사람 하나가 나를 물끄러미 바라보고 있다. 눈꺼풀을 내려 눈 안쪽을 살펴본다. 그녀가 붉은 속내를 내보이며 메롱한다. 순간 심하게 허기가 느껴졌다. 머릿속에 빨갛고 뜨끈한 떡볶이가 두둥실 떠올랐다.

하필 떡볶이. 적당히 때 묻은 옷에 고추장 묻은 입술로 친구와 재잘거리며 먹어야 하는 것이 떡볶이일진대, 이렇게 우울의 바닥을 벅벅 긁고 있는 상황에서 떡볶이라니. 나는 지금 비련의 여주인공이 아니더냐. 그러나 지워버리려고 하면 할수록 떡볶이의 강한 맛이 혀끝에서 되살아났다. 그 코끝을 자극하는 불량스런 냄새와 색을 도무지 떨쳐버릴 수가 없었다.

옷장을 열어 되는 대로 옷가지를 집어 올렸다. 외투를 입고 정말 오랜만에 신발을 신었다. 현관문이 열리고 바깥의 차가운 기운이

옛날떡볶이
야끼만두
야채만두
튀김
떡볶이
부산오뎅
찹쌀순대
즉석김밥
즉석우동

옷 사이로 스미던 순간, 입에서 탄성이 흘러나왔다.

한낮의 정점을 지난 햇볕은 여전했지만 공기는 일주일 전과 달랐다. 동네는 여전했다. 바닥에 흩뿌려진 유흥 전단지도 여전했고, 떠돌이 개도 여전히 군데군데 털이 빠진 채 어슬렁거리고 있었으며, 확성기를 틀어놓고 사람을 모으는 과일 트럭도 여전했다.

아저씨 세 명이 땀을 흘리며 정신없이 떡볶이를 만들어내는 그 트럭으로 향했다. 점점 발걸음이 빨라지고 신이 난다.
"아저씨, 떡볶이 2인분이요."

비닐이 씌워진 플라스틱 접시 가득 2인분의 떡볶이를 십오 분 만에 먹어치웠다. 오물오물 쩝쩝, 꿀떡꿀떡, 잘도 넘어간다. 접시를 깨끗하게 비우는 동안 나를 둘러싼 세상은 슬로우 모션으로 흘러갔다. 나는 마음껏 허기를 채웠다. 여전히 나는 컬러풀한 세상 속에 있었고 떡볶이는 맛있더라. MSG맛이 나는 오뎅 국물은 지옥불처럼 뜨거웠고, 시끌시끌한 홍대 거리는 스테레오로 다가왔다.

2인분을 먹고 그러고도 1인분을 더 포장하여 랄라랄라 폴짝거리며 집으로 뛰어왔다. 온 힘으로 좌절하면 그 힘으로 다시 일어선다. 그리고 떡볶이의 힘으로.

수렁에서 나를 구한 떡볶이, 너를 잊지 않겠다.

tip. 25

떡볶이를. 맛있게. 먹는 방법.

떡볶이를 맛있게 먹는 방법은 매우 간단하다. 맛있는 떡볶이 집을 찾아내는 것. 간단하지만 녹록치는 않다. 그렇다고 너무 먼 곳까지 찾을 필요는 없다. 발길 닿는 동네에 있어야 그게 떡볶이지, 버스 타고 지하철 타고 십리를 가서 먹어야 한다면 그건 떡볶이가 아니니. 그리고 나머지 1할은 자잘한 조건들로 채워진다. 우선 편안한 복장. 추레한 것은 허용되지만 완벽한 정장은 아니 된다. 날이 조금 쌀쌀할 것. 위생 상태에 대해 민감하지 않은 신경상태. 그리고 뜨거운 오뎅(어묵이라고 하기엔 뭔가 아쉬운) 국물과 화장실 휴지. 그것이 전부다.

또 한 번의 첫눈

눈 온다는데?

역시 첫눈 소식은 제일 먼저 연인에게 전해지는가 보다. 팔랑팔랑거리는 귀여운 여자애와 목하 열애 중인 디자이너의 전화기를 통해 첫눈 소식이 온 사무실에 퍼졌다. 좀처럼 풀리지 않던 아이디어에 꽉 막혀 있던 회의실이 갑자기 떠들썩해진다.

"좋아, 첫눈 기념 십 분 브레이크!"

모두가 우르르 몰려나가 사무실 창밖을 내다보았다. 정말, 올 겨울의 첫눈이 내리고 있었다. '첫'이라는 것이 대개 그렇듯이 첫눈은 어딘가 모르게 어설프다. 눈인가 비인가 싶게 보송하지 못하고 축축하게 거리에 내려앉는다. 그래도 눈은 눈. 아기 엄마가 되어도 서른을 훌쩍 넘겨도 머리가 희끗희끗해도 '눈'이란 누구에게나 기분 좋은 것인가 보다. 끝이 보이지 않는 야근 덕분에 턱까지 늘어진 다크서클 위에도 희색이 돈다. 창문을 열어놓고 다들 연인에게 남편에게 딸에게 문자를 보내기 시작한다. 그리고 그 가운데 나는 오도카니 남겨졌다.

첫눈이 오면 기념으로 뜨겁게 데운 정종을 마시자고 했었지. 그랬다. 얼마 전까지 당연하게 첫눈을 함께 보리라 여겼던 사람이 나에게도 있었어. 축축한 눈 사이로 나는 이별의 공간을 보았다. 헤어짐을 견디는 건 별 게 아니다. 그저 속속들이 연결되어 있던 당연한 일상의 존재가 하루아침에 증발해버린 빈 공간을 똑바로 지켜보는 것. 사라진 침대, 그 밑에 수북이 쌓인 삼년간의 먼지를 청소기로 밀어버리는 일과도 같다.

핸드폰을 열어 저장된 사람들의 목록을 훑어보았다. 그리고 이름만으로 위로가 되는 친구들에게 정성스레 첫눈 소식을 전했다. 십

분의 브레이크 타임은 금세 지나갔고, 우리는 다시 회의실로 돌아가 내 원룸 전세금보다 비싼 외제차를 하나라도 더 팔기 위한 아이디어를 쥐어짰다. 회의는 활기를 되찾았고, 내 바지 주머니의 전화기도 내내 첫눈 소식에 화답하느라 부르르부르르 몸을 떨었다.

✉ 내리는 눈처럼 슬픔도 녹아버리길.

✉ 첫눈이라니, 네가 싱숭생숭하겠구나.

✉ 지하에 있어서 아직 못 봤지만 정말 첫눈이 내리나봐.

✉ 내 대신 첫눈을 즐겨줘.

✉ 당신 맘 위에도 눈이 소복이 쌓이기를.

✉ 첫눈 맞으며 행복해집시다.

✉ 올 겨울 감기 걸리지 말고 자알 납시다.

✉ 젠장! 놀고 싶다.

✉ 냉큼 술 마시러 뛰어오시오.

슬픔이 다 녹진 않았지만 공허함은 슬그머니 녹았고, 싱숭생숭한 마음은 가라앉았으며, 입가의 미소 위에 눈이 1센티쯤 쌓였고, 조금 건강해져서 겨울을 잘 날 수 있을 것만 같았다. 그리하여 나는 회의가 끝나자마자 첫눈 기념 소주를 마시러 달려갔다.

따뜻하게 난로가 피워진 단골 술집에서 반가운 얼굴들을 마주하고 사람 이야기를 나눈다. 눈 내리던 여행에 대해 이야기하고, 개들은 왜 눈을 좋아하는가에 대해 토론하고, 다시 마음에 대해 이야기하고, 결국은 관계에 대해 이야기한다. 달큰하니 붉어진 얼굴들 위로 웃음과 하품이 전염된다. 침대가 없어도 내게는 따뜻한 전기장판과 폭신한 이불이 있다.

내일 출근을 걱정하며 술집의 나무문을 밀고 나왔을 땐, 이미 눈은 그쳐 있었지만 공기에서 시원한 눈 냄새가 났다. 심호흡 한 번 하니, 숙면이 찾아왔다.

tip. 26

첫눈.
전보.

첫눈이 오는 날, 문자와 전화가 폭주하여 통신사들은 긴장을 한다지. 그렇다면 핸드폰도 삐삐도 없던 시절에는 '첫눈이 오는 날 만나요' 같은 약속을 하지 못했을까. 아니, 했단다. 전보로. 첫눈이 오는 날, 누구누구씨 전보요! 하며 우체국 아저씨가 달려오면 다들 부러움 섞인 환호성을 질러대며 질투를 해댔다는데.
전보, 아직도 살아 있는 시스템. 예전에 생일 전보를 한 번 받아봤는데 어찌나 신기하고도 기쁘던지. 그러니까 다음 첫눈이 오는 날에는 전보를 한 번 쳐봐도 좋겠다. 재밌잖아!

크랙, 크래커

이게 얼마만이야. 해가 떠 있을 때 퇴근이라니.

무려 여섯시 삼십분이라는 경이적인 시간에 퇴근을 하게 되어 가벼워진 기분에 혼잣말이 다 튀어나왔다. 늘 할증 택시만 타다가 지하철을 타고 집에 가는 길이 낯설게 느껴졌다. 피식 웃음이 나온다. 이거 마치 부잣집 마나님이 된 기분이잖아. '어머 지하철 오랜만이네' 라니. 9-2번 문으로 들어가 왼쪽 두 번째 자리 앞에 섰다. 내가 지하철에서 선호하는 위치는 9-2 혹은 3-2다. 딱히 이유는 없었다. 그저 그 자체로 주는 자리의 어감이 좋았다.

삼 일이 넘도록 출근 지하철에서 붙들고 있는 책을 꺼내려고 가방을 뒤지다가 바로 앞에 앉은 여자를 보았다. 순간 나는 흠칫하며 마음으로 한발 물러섰다. 실제로 물러날 공간이 있었다면 그리했을 것처럼. 내 앞의 그녀는 퇴근길의 붐비는 지하철과 기묘하게 동떨어져 위화감을 주고 있었다. 마치 그녀만이 다른 시공간에 있는 것 같았다.

그녀는 그 어느 곳도 보고 있지 않았다. 한 곳에 고정하고 있지만 실제로는 아무것도 보고 있지 않은 시선. 그 아무것도 보고 있지 않은 공허한 눈길이 아마도 그녀가 내뿜는 이질감의 근원이리라. 그리고…… 그리고…… 그녀는 크래커를 먹고 있었다. 〈제크〉라는 이름의, 한 시대를 풍미했던 짭짤한 크래커를 너무나도 집중해서 씹고 있었다. 그 리드미컬한 동작과 집중력은 '크래커를 먹는 가장 완벽한 동작'의 동영상 교본으로 삼아도 좋을 정도였다.

크래커 봉지를 든 왼손은 절대 움직이지 않는다. 오른손으로 크래커를 집는다. 주저 없이 한입에 넣는다. 입을 벌리는 일 없이 입 속에서 크래커를 야무지게 씹는다. 하나 두울 세엣 네엣 다섯 여섯 일곱 여덟 아홉 열, 그리고 삼킨다. 다시 집는다. 넣는다. 씹는다.

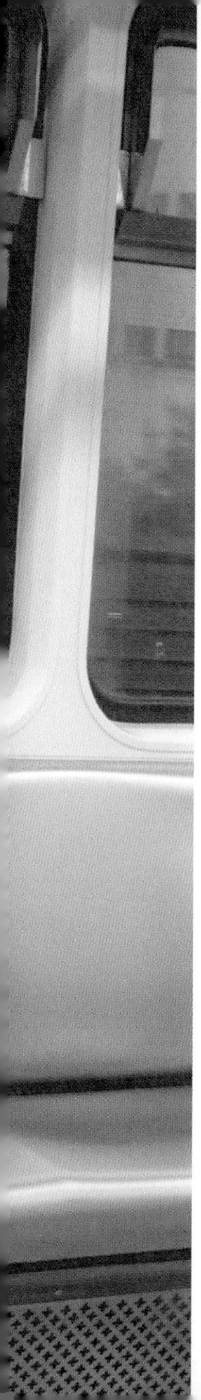

삼킨다. 다시 집는다. 넣는다. 씹는다. 그렇게 똑같은 리듬을 가지고 같은 동작을 반복하는 사이 어느 틈엔가 작은 크래커 한 봉지가 거의 다 비었다. 사람을 빤히 쳐다보는 건 실례란 걸 알고 있었지만 도저히 그녀에게서 눈을 뗄 수가 없었다. 입을 꽉 다물고 시선을 고정한 채 그 어느 곳도 보지 않고 와그작와그작 씹는 모습은 꽉 짜인 영화의 클라이맥스 같았다. 그리고 무엇보다 나는 그녀가 걱정되었다. 그녀에게 무슨 일이 있는 걸까. 그녀가 앙다문 입으로 꼭꼭 씹어 삼키는 것이 비단 크래커만은 아닐 거란 생각이 들었다.

하마터면 손을 뻗어 '괜찮아요?' 라고 물어볼 뻔했던 바로 그 순간, 그녀는 마지막 크래커를 씹어 삼키고는 왼손을 움직여 바스락 소리 나는 빈 봉지를 가방 안에 집어넣었다. 그리고는 지하철 창문에 머리를 기대고 눈을 감았다. 순식간에 위화감은 사라지고 그녀는 이제 어디서든 볼 수 있는 평범한 지하철 승객으로 돌아와 있었다. 한숨이 다

새어나왔다. 안도인지 아쉬움인지 그저 깊은 숨인지 모르겠다. 그녀의 눈 감은 얼굴은 정말 무표정하고 일상적이어서 크래커 이외의 다른 무엇이 몸속에 있다고 생각할 수가 없었다.

새우깡을 한 봉지 사서 공원 벤치에 앉아 입 천장이 다 까지도록 씹어 먹던 나를 떠올린다. 새우깡이 맛있어서가 아니라 그 씹는 소리에 집중하기 위해서. 뱉지 못하는 마음을 대신 와작와작 씹어서 날려버렸다. 웨하스를 양파링을 우리는 다들 그런 식으로 한번쯤 씹어 삼키지 않았던가.

집으로 가는 길, 나는 슈퍼마켓 세 군데를 들러 겨우 〈제크〉를 샀다. 침대에 앉아 왼손에 크래커를 들고 오른손으로 집어 입에 넣는다. 입을 앙다물고 크래커를 먹는 일은 생각만큼 쉽지 않았다. 손에 묻은 부스러기들도 자꾸 털고 싶어졌다. 정확히 열 번을 씹어 삼키는 일은 귀찮았다. 세 개째의 크래커를 먹다가 나는 그 짭짤함에 목이 말라 우유를 찾아 마실 수밖에 없었다.

구겨진 몸을 바스락거리며 펴고 있는 크래커 봉지를 보며 생각한다. 과연, 그녀는 크래커를 씹고 있었던 것일까.

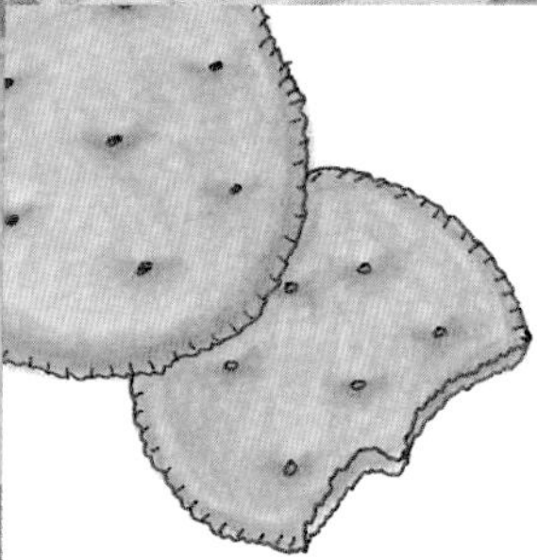

tip. 27

소리로 먹는.
과자들.

보통의 먹을거리들은 맛으로 결정되지만 스티커로 먹는 빵이 있는 것처럼 소리로 먹는 과자들이 있다. 이런 소리 과자들은 과도한 스트레스나 지나친 흥분상태, 그리고 말문이 막히는 답답증에 효험이 있다. 입안에서 바스러지는 소리가 경쾌할 것, 한봉지를 한번에 다 털어 넣어도 괜찮도록 질리지 않는 맛일 것. 스테디셀러로 양파링이 있고, 제크나 참 크래커랑 비슷한 것들은 다 괜찮으며 옥수수 튀긴 것같이 생긴 불량과자도 좋다. 다만 그건 좀 단단해서 이가 안 좋은 분들에겐 비추.

라디에이터와 사랑을

밤을 샜다.

광고쟁이가 회사에서 밤새는 건 발에 채일 만큼 흔한 일이지만, 어쨌든 내 침대에 편안히 몸을 뉘이지 못하는 고로움이란 건 여전히 존재한다. 특히나 찬바람이 부는 비 오는 겨울밤이라면 더욱. 새벽 네시쯤인가 다섯시쯤인가 대략 일이 마무리가 되어 사무실의 조명을 낮추고 회사 휴게실로 숨어들었다. 꽤 널찍한 회사의 휴게실에는 빨갛고 길고 평평한 소파가 있다. 나같이 기럭지가 짧은 사람에게는 다리 쭉 뻗고 잘 만큼의 매우 편안한 수면을 보장하는.

그리고 라디에이터도 있었다. 봄여름가을까지 휴게실 한 구석에 숨어 있다가 소파 앞으로 나온 지 이제 보름. 라디에이터를 켜고 잠시 기다림의 시간을 갖고 난 후, 부들부들한 감촉이 좋은 폴라폴리스 무릎담요를 덮고 누웠다. 한 세 시간은 잘 수 있겠다고 생각하며 눈을 감았다. 우우우웅- 낮게 그릉대는 컴퓨터의 진동음까지 느껴지는 조용한 새벽. 라디에이터의 온기가 딱 나와 빨간 소파 주위를 감싼다. 그 온기의 자장까지 눈에 훤히 그릴 수 있을 정도의 따뜻함. 특히 라디에이터와 붙어 있는 몸의 오른쪽이 유난히 뜨끈하다. 마치 라디에이터에게 사랑받는 느낌이다.

이상하게도 당신은 늘 내 오른쪽에 있었어. 길을 걸을 때도 잘 때도 내 오른쪽에 당신이 있지 않으면 이상했어. 위치를 바꾸면 낯설어서 금세 제자리를 찾곤 했지. 농담처럼 우리는 자석 같아서 나의 오른쪽과 당신의 왼쪽이 붙지 않으면 안 된다고 한쪽 자리만 고집하는 이유를 대곤 했지. 팔베개를 하고 누워서 옆구리에 당신의 체온이 전해져 오면 나는 전기담요로 잘 데워진 이불 속에 쏙 들어가는 기분이 들었어. 그래서 뒤척이지도 않고 살짝 코를 골 정도로 깊은 잠에 빠져버리곤 했지. 따뜻하고 평온하게.

하지만 거기까지였다. 위잉거리는 청소기 소리에 나는 화들짝 잠을 깼다.

빨간 소파와 가벼운 담요. 아, 여기는 회사였지. 휴게실에 청소기를 밀고 들어온 아주머니는 자는 줄 몰랐다며 다시 윙윙거리는 청소기를 끌고 문 밖으로 사라졌다. 소음과 함께 나는 그의 침대에서 회사의 휴게실로 다시 복귀했다.

멍한 기분에 담요를 걷고 일어나다 라디에이터를 발로 차고 말았다. 틱- 하고 자동으로 꺼지는 소리가 난다. 온기에 데워진 오른팔이 아직까지 뜨끈했다. 다시 누울까 잠시 고민하다가 밝아오는 창문이 부끄러워 머리를 매만지고 기지개를 켰다. 어제의 긴긴 하루가 아직 끝나지 않은 것만 같은데 이미 아침인 것이다.

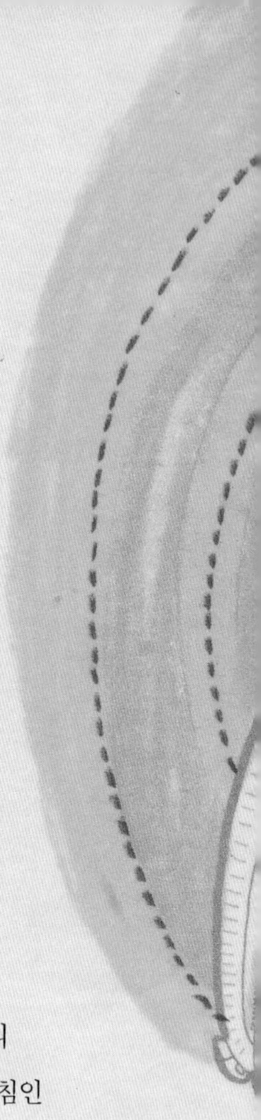

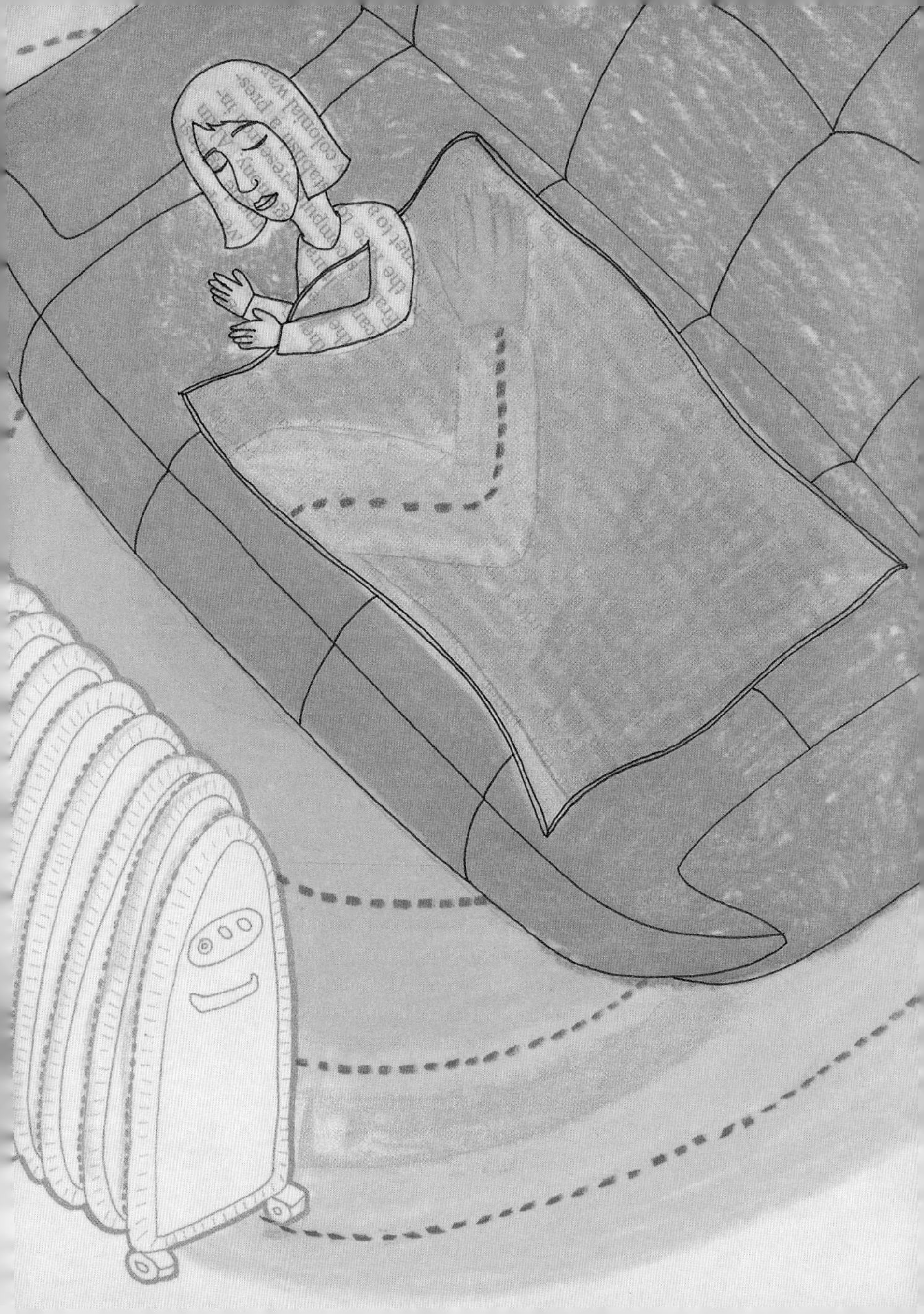

회사 화장실에서 낯선 세수를 하고 돌아와 물기 어려 시린 손을 라디에이터 위에 조심스럽게 올려보았다. 온기는 사라지고 차가운 금속성의 냉기가 올라왔다. 라디에이터 바퀴를 굴려 저 한쪽으로 밀어놓는다.

덕분에 잘 잤어요.

tip. 28

밤샘의.
요령.

회사에서 밤샘할 때는 컴퓨터에 저장된 졸림 방지용 음악과 약간의 야식과 가벼운 폴라폴리스 담요가 필수. 그리고 가벼운 화장. 안 그럼 다음날 아침 흉한 몰골을 보고 동료들이 놀랄지도 모른다.

무엇보다 중요한 것은 보스가 출근할 무렵 최대한 피곤한 모습을 연출하는 것. 눈을 비벼서라도 충혈된 눈을 만들어라. 그리고 출근하는 보스를 향해 인사를 하면서 '나 밤샘 했어요' 라고 온몸으로 소리 없이 시위하라. 코피라도 터져주면 금상첨화. 당신의 어깨를 토닥거리며 '수고했어, 오늘은 일찍 들어가지' 라는 말을 얻어내야 한다. 이것이 밤샘의 하이라이트.

쓸쓸한 브래지어

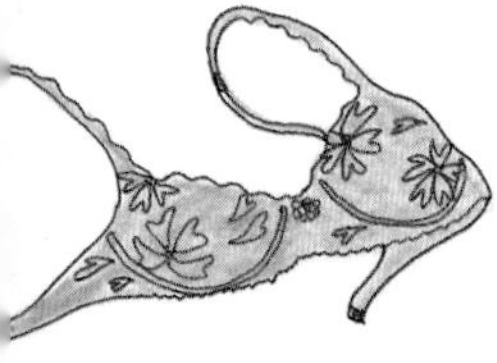

브래지어의 유통기한은 6개월이라고 했다.

하지만 그것이 속옷회사의 마케팅 전략임을 굳게 믿고 있는 나는 도저히 추레하여 스스로 못 입겠다 싶을 때가 되어서야 속옷을 정리하곤 했다. 굳이 알뜰해서라기보다는 역시 '안 보이니까 귀찮아서' 랄까. 게다가 가슴을 모아주고 받쳐주고 크게 만들어준다는, 기능은 의심스럽지만 그렇다고 아니 할 수 없는 브래지어는 비싸기까지 하단 말이지.

아침 샤워를 끝내고 서랍을 열어 생각 없이 속옷을 갈아입던 나는 보풀이 일고 레이스가 후줄근해지고 고기능이라던 와이어마저 삐뚤어져버린 브래지어를 거울 속에서 발견하고는 후크를 잠그던 손을 풀었다. 그리고 미련 없이 둘둘 말아 쓰레기통에 던져 넣었다. 낡아버린 레이스와 이미 원래의 색을 잃어버린 지 오래인 브래지어 끈이 쓰레기통 밖으로 삐죽 혀를 내민다. 저 모양이 될 때까지 버리지 않고 있었다니. 어쩐지 쓸쓸한 그 모양새를 물끄러미 바라보고 있자니, 생각난다. 저 낡은 브래지어가 내가 처음으로 산 실크 레이스 브래지어였다는 것.

360도 플레어스커트와 커다란 플랫칼라가 예뻤던 고교 여름 교복. 색깔 있는 속옷을 입는 것은 물론이요, 캐미솔-흔히들 메리야스라 부르는 그것- 을 입지 않고 브래지어만 입는 것은 두꺼운 손바닥으로 등짝을 세게 후려 맞을 각오가 서 있어야만 가능한 일이었다. 그래서 늘 내 속옷은 엄마가 시장에서 사다 주는 만 원에 석 장짜리 하얗고 볼품없는 것이었다. 실은 학교가 그런 식으로 규제를 하지 않았더라도 아마 엄마는 '속옷은 그저 면이 최고' 라며 똑같은 것을 사오셨을 것이다.

그리고 처음으로 실크 레이스 속옷을 사던 날. 교복을 벗고 처음으로 어른 흉내 내는 연애에 돌입하게 된 그때, 나는 미끄러질 듯한 감촉의 아이보리색 레이스 브래지어를 샀다. 조금 쑥스러운 기분과 함께 두근두근했지. 〈사랑의 비너스〉였는지 그냥 〈비비안〉이었는지는 기억나지 않는다. 다만 계산대 앞에 서기까지 '과연 이걸 내가 입어도 될까' 하는 의문과 로망의 실현이라는 설렘을 동시에 느꼈다는 것 정도. 그리고 그걸 처음 입던 순간, 거울에 비쳐본 내 얼굴이 얼마나 만족스럽게 달아올랐었는지도 또렷이 떠올릴 수 있다. 훗, 얼굴이 새삼 발개진다. 나는 얼마나 어렸던가. 그때 우리는 얼마나 귀여웠던가.

당신을 만나는 날은 되도록이면 그 실크 레이스 속옷 세트를 챙겨 입었다. 보여줄 일이 없어도 그랬다. 그러면 조금은 더 예쁜 내가 될 수 있을 줄 알았다. 당신이 나를 조금 더 오래오래 봐줄 것만 같았지. 지금 생각해보면 당신은 내 속옷이 어땠는지 따위는 아예 처음부터 관심조차 없었을 테지만. 늘 어두웠고, 버릇처럼 셔츠 안으로 손을 넣어 후크부터 풀어버렸으니까. 그래도 나는 다행이라고 생각했다. 짝이 안 맞는 브래지어와 팬티를 보여주지 않아도 되어서. 낡고 볼품없이 늘어져버린 속옷이 아니어서.

그 실크 브래지어를 벗겨내던 손을 잊은 지 오래, 그 얼굴을 기억의 어딘가에 접어 버린 지도 오래. 먼지를 털어 다시 꺼내본 것도 오래 전인데 왜 그 브래지어만큼은 낡고 또 낡도록 버리지 못했을까. 그 동안 내 서랍 속의 속옷들은 모두 새 것들로 바뀌었고, 레이스보단 좀 더 세련된 디자인들로 채워졌으며, 지나간 남자친구의 수만큼 예쁜 속옷들로 넘쳐나는데.

쓰레기통에 던져진 낡은 브래지어는 쓸쓸하다. 헤져버린 레이스는 슬프다. 하지만 그것은 그저 낡아버린 브래지어일 뿐, 껴안고 있어봐야 비틀린 와이어에 가슴만 조일 뿐이다.

삐죽 나온 브래지어 끈을 다시 쓰레기통에 잘 넣어 뚜껑을 닫는다.

잘 가라, 내 처음. 그리고 어설픈 연애의 유년기도.

tip. 29

몸에 맞는.
브래지어.

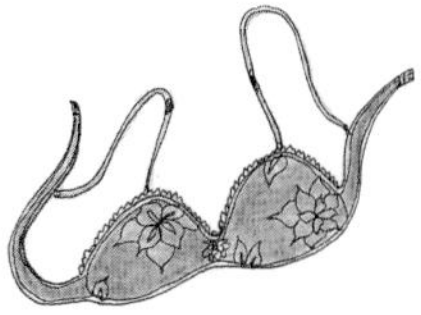

나는 내가 대한민국 평균 사이즈 A컵이라고 믿고 살았다. 허나, 역시 가장 정확한 건 남자친구의 손대중. 네가 A컵이라니 말도 안 된다며 그는 B컵일 것이라 했다. 그제야 나는 내 가슴을 의심하였다. 나는 B컵이구나. 모르겠으면 줄자로 재보자. 그리고 편하고 맘에 드는 디자인을 고르면 되는 거다. 프린세스 탐탐의 속옷이 아니더라도 우리는 충분히 섹시하니까.

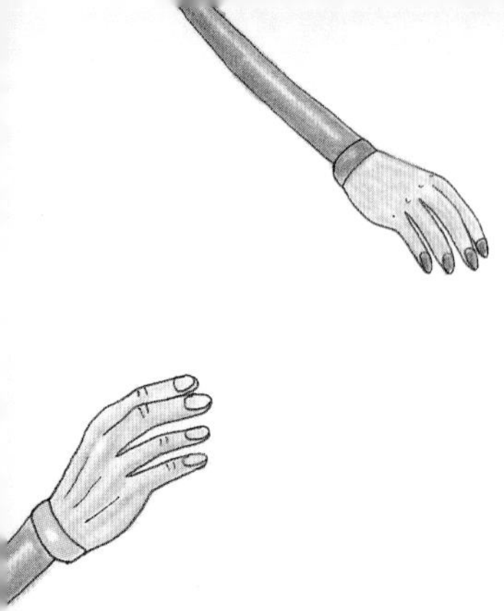

뾰루지는 효자손으로

딱 한 시간만 더 잘 수 있다면 내 목숨 일 년치를 내놓아도 좋아.

하지만 십 분을 기다려보아도 나와 그런 내기를 해줄 악마는 나타나지 않았다. 계속되는 야근의 여파로 아침은 어둡기만 했고, 눈도 제대로 뜨지 못한 채 좀비처럼 욕실로 향했다. 머리끝부터 뜨거운 물을 한바탕 뒤집어쓰고 나서야 조금 정신이 들었다. 샤워 볼에 거품을 잔뜩 내서 몸을 닦는데 등쪽에서 따끔한 기운이 느껴졌다. 짧은 팔을 뒤로 하고 어색한 자세로 살살 만져보니 모르는 새 뾰루지가 자라고 있었나 보다. 눈으로 볼 수는 없지만 손의 감각으로 짐작하건대 꽤나 큰 것 같았고, 살짝 누르니 바늘로 콕콕 찌르는 아픔이 전해졌다. 어젯밤에는 너무 피곤해서 몰랐는데 자면서도 등이 살짝 따끔따끔했던 것이 이 녀석 때문이었나 보다.

커다란 타월로 등의 물기를 닦아내는 중간중간 녀석은 계속해서 자신의 성가신 존재를 알린다. 이런 녀석 빨리 터뜨려버리거나 아니면 트러블 전용 오일이라도 발라서 얼른 가라앉혀야 속이 후련할 텐데, 혼자서는 어찌 할 수 없는 위치에 떡 하니 자리잡고 있으니 난감한 일이다. 그저 제풀에 지쳐 풀썩 주저앉기를 바랄 수밖에. 까슬까슬한 니트 셔츠를 입었다가 등이 자꾸 가렵고 따가워 부드러운 면 셔츠로 갈아입었다. 참으로 성가신 녀석.

화장대 앞에서 얼굴에 치덕치덕 이런저런 것들을 펴 바르고 있자니 갑자기 웃음이 나왔다. 엄마는 곧잘 아빠한테 등을 긁어달라곤 했었지. 그땐 그게 아름다운 모습인 줄 몰랐어. 효자손 놔두고 왜 저러나 싶었지. 실은 너무너무 부러운 것이었구나.

남자친구가 있었으면 좋겠다고 생각했다, 그 아침에. 혼자서는 어쩔 수 없는 등의 뾰루지를 짜줄 수 있는 남자친구. 달의 뒤편을 탐험하듯 내가 볼 수 없는 내 뒷모습을 봐주는 사람. 나는 내 남자친구들을 통해 내가 모르는 수많은 내 모습을 알아냈다. 내 등에 손톱만한 반점이 있다는 사실도 그가 알려주기 전까진 몰랐었다. 내가 웃을 때 콧잔등을 찌푸린다는 것도 그가 찍어준 사진을 통해 알았다. 엉덩이에 작은 점도 있다더군. 내가 스스로 안을 수 없는 내 뒤를 꼭 품어주는 사람. 캔디가 테리우스를 사랑한 건 그가 뒤에서 안아줬기 때문이라니까. 믿거나 말거나.

혼자라는 쓸쓸함은 등에 솟은 뾰루지와 비슷하다. 이렇게 불쑥 고개를 내밀어 누군가를 찾게 만들지만 이내 제풀에 지쳐 스스로 잊게 되어 있다. 거울 속의 내 뒤에는 아무도 없다.

나는 다시 열심히 화장을 한다. 외로워도 슬퍼도 출근은 해야 하니까.

tip. 30

뾰루지에.
대처하는 방법.

내 얼굴에는 유난히 점이 많은데 그 중의 3분의 1쯤은 뾰루지에 잘못 대처하여 점으로 눌러앉은 것들이다. 뾰루지와의 전쟁에서 가장 큰 걸림돌은 바로 조급함. 그 볼록하게 솟아오른 모양이 '얼른 나를 짜줘' 하는 것 같아서 거울을 볼 때마다 손을 대고 싶어지니 이것 참…… 연애나 뭐나 다 이런 성급함이 문제다.

밀고 당기기의 전법은 비단 연애만이 아니라 뾰루지에 대처하는 자세에서도 필요하다. 아무리 유혹해도 성급히 손을 대지 말 것. 그리고 정말 잘 익었을 때, 면봉으로 한번에 찍!

Cafri

cycle 4. 세포 소멸기

향이 깊고 텁텁한 와인의 마지막 한 모금

그 후의 단계

네가 그 징글징글한 연애지옥에서 빠져나온 걸 보니, 이 언니 한시름 놨다.

친구의 까칠한 위로 안에서 나는 내가 얼마 전까지 기거하던 곳이 어디였는지 새삼스럽게 깨달았다. 연애가 지옥으로 변해버리는 것은 자신의 감정에서 벗어나 상대방의 감정에 천착하면서부터다. 내가 그를 사랑하는 만큼 그도 날 사랑할까 고민하는 순간부터 우리는 불안하고 위험한 연애지옥에 떨어진다. 이것은 헤어진 이후의 감정에도 엇비슷하게 적용되었다.

그러니까 말이다. 스스로도 대견할 만큼 굉장히 빨리 크래커 몇 번 씹고 소주 한 사발 들이키는 것으로 내 상태를 나이스 스무스하게 정상궤도에 올려놓고 한숨 돌리고 나니까 '근데 그 사람은 잘 지낼까' 가 너무도 궁금해지기 시작하더란 얘기.

여성지의 단골 경구처럼 시크하고 쿨하며 깔끔한 인간이 되기 위해선 뭐, 그쪽도 잘 지내겠지라고 염화미소를 지으며 커피를 홀짝여야 한다고 아무리 스스로를 타일러봐도 나는 나였다. 어디 내가 쿨하고 깔끔한 인간이더란 말이냐. 털뭉치 구덩이 속에서 끈적끈적하고 뜨거운 피를 이리저리 질질 흘리고 다니며 혼자 질척대는 인간일 뿐인걸.

지쳤다며 힘든 얼굴로 돌아선 연애인 만큼 그도 좀 편안해졌으면 좋겠다는 착한 마음도 있지만, 다른 구석에서는 '아니! 자기 혼자만 그렇게 편하다니, 그 꼴은 못 봐주겠다!' 라는 어린애 같은 심보가 아우성치고 있었다. 그러면서도 그쪽도 편하지만은 않을 거라 생각하면 '그럴 거면 왜 헤어지자 그랬어, 이 약해빠진 자식!' 하는 억울함이 불쑥 솟아오르기도 하고, 그렇다고 또 편하겠거니 하면 그건 또 그것대로 다시 약이 올랐다. 나는 시시한 롤러코스터만큼이나 변덕스러웠다. 그렇다. 일요일 아침, 나는 이별 후의 2단계에 들어선 것이다.

1단계 '식욕부진과 불면과 우울감으로 스스로를 시들시들하게 느끼는 비련의 여주인공 흉내'를 제법 빨리 클리어하고 상대방은 어떻게 살고 있을지가 자못 궁금하고 약오르는 못돼 처먹은 어린이 단계, 다시 말하면 '바보 단계'로 진입한 것이었다. 이 단계의 최대 난관은 핸드폰인데, '너는 잘 살고 있냐. 흥!' 따위의 문자 메시지를 보내거나 전화를 걸고 싶다거나 하는 욕망의 보스를 눌러버리는 것이 과제였다.

일요일 하루 문자를 보내지 않기 위해 했던 그 수많은 노력을 우리 고양이들은 알 것이다. 우선 핸드폰을 안 보이는 곳에다 치워 두고 신경을 딴 곳으로 돌리기 위한 도피처를 찾아냈다. 친구가 정신 건강에 도움이 될 것이라며 구워준 〈노다메 칸타빌레〉

를 하루 만에 모두 끝냈다. 마지막 회의 마지막 장면에서 "치아키 센빠이! 울지 마세요~!"라고 소리 지르며 쓰러지는 모습까지 기꺼이 연출해주었다.

한 시간쯤 후, 다시 고개를 내미는 욕망의 싹을 잘라내기 위해 반쯤 남은 두터운 소설 『핑거 스미스』를 모두 읽고, 깔루아밀크 두 잔을 만들어 마셨다. 그리고 일요일의 마지막 두 시간은 아주 오랜만에 플레이스테이션 전원을 켜고 〈하우스 오브 더 데드〉의 징글맞은 좀비들을 향해 총구를 겨누며 죽어!죽어!를 외치는 것으로 마무리 했다. 불을 끄고 자리에 누워 월요일 출근을 위한 핸드폰 알람을 맞추는 동안의 그 짧고도 강렬한 유혹까지 물리치고 나니 안도감이 밀려들었다. 그리고 얼른 안대를 쓰고 완전한 어둠 속으로 숨었다.

월요일 아침은 무척 상쾌했다. 날씨는 맑았고, 난생 처음으로 스테이지 3의 보스 머리통을 날려버린 어제의 뿌듯함까지 더해졌다.

도대체 이 게임의 엔딩을 보는 날은 언제일까. 지하철 창밖으로 지나가는 회색 시멘트벽을 보며 생각한다. 어쩌면 시시하고 쉬운 게임이라서 스테이지가 네 개밖에 없을 수도 있어. 아니야, 보기엔

쉬워 보이는데 이상하게 머리 아프게 만드는 게임일 수도 있지. 아니야, 더 좋게 생각해봐. 어쩌면 엔딩을 보기도 전에 내가 재미없어!라고 외치며 전원을 꺼버리고 다른 소프트를 밀어 넣을 수도 있잖아?

두 눈을 질끈 감는다. 눈꺼풀 아래로 아름다운 빛의 반점들이 떠돈다. 어쩐지 내 스스로가 흥미로워지기 시작했다. 나는 게임에 재능이 있을지도 모른다.

tip. 31

그 후의.
게임들.

게임 좋아하십니까?

실은 나는 게임에 취미가 없다. 특히 온갖 시간과 노력을 투자하여야 하는 온라인 RPG 게임들은 내 인내심을 시험할 뿐이다. 그럼에도 불구하고 내가 플레이스테이션을 가지고 있는 것은 이것들이 내 정신을 어딘가 멀리 보내버려야 할 때 매우 유용하게 쓰이기 때문이다.

리듬게임으로 <스페이스 채널5>를 강력 추천한다. 우라라라는 이름을

가진 리포터가 느끼한 범인들에 맞서 대통령도 구하고 마이클 잭슨도 구한다. 박자에 맞춰 춤만 제대로 추면 되는데 이게 흥겹기 그지없어서 어느새 춤을 따라하며 게임패드를 잡고 있는 당신을 발견하게 될지도. 그리고 슈팅과 음악을 좋아한다면 <REZ>라는 희귀 게임도 추천. 30분 만에 당신을 트랜스 상태로 인도한다. 마지막으로 <괴혼, 굴려라 왕자님>은 당신을 안드로메다로 보내줄 것이다.

케이크는 달고 맛있다

맛있어?

응, 맛있어.

나는 그가 사온 딸기 치즈 타르트를 입 안 가득 우겨넣고 우물거리면서 말했다. 지난 삼 일 동안 먹은 것이라곤 이불을 뒤집어쓰고 끓여낸 허여멀건 죽 외엔 아무것도 없었다. 이제 내 몸은 단 것을 원하고 있었다. 한겨울의 추위를 뚫고 그의 손에 들려 날아온 딸기 치즈 타르트는 눈물이 날 만큼 맛있었다. 그래서 나는 '맛나다'를 연발하며 눈에 고인 눈물을 밀어냈다.

게걸스럽게 케이크들을 뱃속으로 밀어넣는 나를 보며 그는 가련하다는 듯 손을 내밀어 내 머리를 쓰다듬었다.
"하지 마, 하지 마. 나 삼 일 동안 머리 안 감았단 말이야. 저리 가, 저리 가아!"

좀처럼 아픈 일이 없는 나는 일 년에 한 번 몸에서 쉰내가 날 만큼 앓아누웠다. 이번에는 크리스마스 행사 준비를 한다고 일주일쯤 밖에서 밤을 샌 것이 원인이었다. 모든 일이 끝나자마자 오한과 근육통이 찾아왔다. 이놈의 머슴 병. 한참 일에 지쳤을 때 아프기라도 하면 그 핑계 대고 쉬기나 할 텐데, 꼭 일이 다 끝나고 이제 마음껏 놀아야지 싶으면 아프다. 평생 일하다 죽는다는 내 사주팔자가 맞긴 맞나 보다.

그가 사온 세 조각의 케이크는 눈 깜짝할 사이에 사라졌다. 손에 묻은 크림을 할짝거리는 나를 보며 그가 한마디 한다.
"너 아픈 애 맞아?"
"응, 맞아. 아파 죽다가 살아났어. 단 거 먹고 싶은 걸 보니까 이제 좀 나아진 것 같아. 그러고 보니 새삼 맥주도 땡긴다."
그는 어이없다는 표정을 하고 나를 바라봤다.

"너 찌병 아냐?"

나는 눈곱을 떼며 말했다.

"이런 내가 부끄러워?"

"응. 부끄러워."

"흥. 재수없어."

실은 너무너무 고마워서 포옹이라도 해주고 싶을 지경이었지만 이 땀내 나는 몸으로 그랬다간 십 년 동안 지켜온 우정의 끝을 보게 될까봐 그러질 못했다. 혹시나 하는 마음에 '단 거 먹고 싶어' 라고 짧은 메시지를 날렸는데 한 시간 십칠 분 만에 그는 내가 좋아하는 종류의 케이크를 골라 도착한 것이다. 겨울의 찬 내음이 가득 묻은 채로 방안으로 들어선 그에게는 걱정과 건강함이 동시에 느껴졌다.

"아, 커피 마시고 싶다."

그는 한숨을 내쉬며 침대 끄트머리에서 일어나 찬장을 뒤져 커피를 내리기 시작했다. 퀴퀴한 냄새로 가득했던 방안에 진한 커피향이 떠돌았다.

"뜨거워." 머그잔 가득 담긴 커피를 내밀며 그가 말한다.

"아, 땡큐. 아까 재수없단 말 취소할게."

"나는 네가 부끄럽단 말 취소 못 하겠어."

"괜찮아, 괜찮아. 나도 이런 내가 부끄러우니까."

커피를 홀짝이며 나는 잔소리를 퍼부어대던 그 거지같은 광고주들과 그깟 야근 신청서 하루 누락했다고 밤 새는데 난방을 끊어버린 야속한 건물관리소에 대해 열변을 토했다. 그는 간간이 추임새를 넣으며 내 얘기를 끝까지 들어주었다.

"너 괜찮은 거 봤으니 이만 가볼게."

"응. 여자친구랑 데이트?"

"응. 저녁 먹고 영화 보기로 했어."

"저녁 먹고 영화도 보고 섹스도 하고……겠지."

"나는 정말 이런 네가 부끄럽다."

"알아."

현관으로 나가는 그의 뒤에 대고 그제야 소리친다.

"오늘, 고마워!"

"알아."

그가 가고 나서 나는 케이크를 쌌던 은박지에 묻은 크림을 마저 핥아먹고는 사흘 동안 푹 파묻혀 있던 침대에서 일어나 양치를 하고 샤워를 하고 창문을 열었다. 몸에 한기가 들어 바로 닫긴 했지만 그렇다고 다시 이불 속으로 들어가긴 싫었다.

TV를 켠다. 요란한 치장을 한 연예인들이 나와 뭐가 그리도 좋은지 부산스럽게 떠들고 웃고 있었다. 십 분쯤 지나자 나도 그들과 함께 낄낄대고 웃기 시작했다. 친구란 좋구나 생각한다. 십 년 전 그에게 술 취해 고백했던 내가 새삼 부끄러워져 피식 웃었다.

내일은 출근을 해야지.

tip. 32

길티 플레져,
그 달콤한 케이크.

케이크는 달콤하다. 나는 정말정말 맛있는 케이크를 앞에 두고도 '다이어트 중'이라며 손사래 치는 여자들을 세상에서 가장 독한 사람들이라 믿고 있다. 물론 살은 찌지만 그런 달콤한 즐거움이 없다면 세상은 조금 덜 재미있을지도 모르는데.

길티 플레져. 죄책감과 함께하는 즐거움. 실은 케이크는 그런 '길티'를 내포하고 있기 때문에 더 맛있는 것일지도 모른다. 아무리 먹어도 살이 찌지 않는다는, 날 때부터 마른 것들은 모르는 그 달콤함. 한강을 30분 넘게 달려야 하더라도 그래도 그 달콤함은 분명 의미가 있다. 특히 스스로에게 상을 주고 싶다거나, 조금 우울하다거나, 기분이 착 가라앉은 날이면 더욱 그러하다. 죄책감이 너무 커서 절대로 달콤한 것들을 집어들 수 없다는 분들은 입문서로 요시나가 후미의 『서양골동양과자점』을 읽어보시라. 케이크 속에 인생의 달콤함이 있나니.

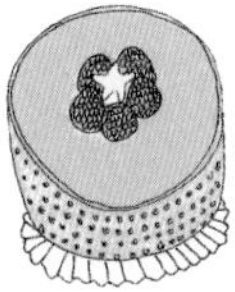

찐득하니 크림치즈를 통째로 부어서 모양을 잡은 것이 아닐까 싶은 치즈케이크, 입 안에 넣는 순간 스르르 녹아버리는 티라미스, 새빨간 딸기를 통째로 얹은 딸기 타르트, 몸서리칠 정도로 단 초콜릿 무스, 온갖 과일과 생크림을 넣은 롤 케이크, 입가에 흔적을 잔뜩 남기는 몽블랑, 그리고 정말 제대로 만든 버터크림 케이크. 생크림이 대세라지만 정말 제대로 만든 버터크림 케이크는 어디에도 비교할 수 없다.

아픈 날, 우울한 날, 정말 맛있는 케이크를 찾는 모험을 해보기를 추천한다. 상큼한 케이크 가게에 들어서는 순간부터 기분이 좋아질 것이다. 내가 극약 처방으로 쓰고 있는 케이크 약국을 살짝 얘기하자면 홍대 앞의 '미카야'라는 조용한 케이크 집, 이태원에 있는 호화찬란한 'Passion 5'와 서래마을 '파리크라상', 그리고 이대 앞 작고작은 '카페 타르트'다.

녹입시다, 커플링

도대체 그 목걸이는 어디로 가버린 거야

부모님이 유럽 여행을 다녀오면서 사다 주신 스왈로브스키 목걸이. 내가 가진 유일한 브랜드 액세서리였다. 친구 결혼식에 가려고 거의 몇 달 만에 정장풍 원피스를 탈탈 털어 꺼내 입었는데 그에 어울리는 유일한 목걸이였다.

"아아아악 어디 간 거야!"

속옷과 양말 등을 쑤셔 넣어두는 화장대 맨 위 서랍 한켠에 온갖 잡동사니 액세서리들이 쌓여 있었고 나는 그 속을 미친 듯이 헤집었다. 터키에서 사온 유리반지, 태국에서 사온 나무 팔찌 사이를 헤집다가, 찾아냈다. 백조가 그려진 하얀색 스왈로브스키 상자. 휴우- 안도의 숨을 내쉬며 상자를 열었을 때, 반짝이는 목걸이와 함께 두 개의 반지가 형광등 불빛을 받아 흔들렸다.

어? 옛 커플링들, 내가 이 상자에 같이 넣어 두었나 보다. 크리스털이 박힌 목걸이를 목에 걸면서 새삼스레 예쁜 반지들이라 생각했다. 예쁘고 사랑스럽지만 결코 다시 끼지는 못할 반지들.

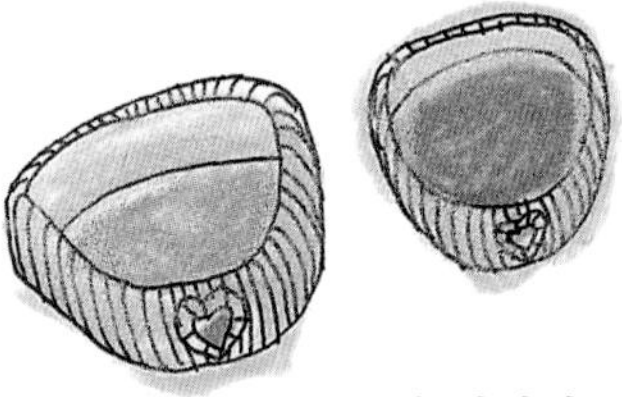

두 개의 커플링은 매우 다른 취향을 가졌다. 하나는 백금으로 만든 아주 심플하지만 세련된 반지였고, 다른 하나는 금색의 링에 하트 모양의 토파즈가 박혀 있었다. 깔끔하고 어른스러운 연애 한 번과 아기자기했지만 질척거렸던 또 다른 연애 끝에 서랍 속 깊숙이 숨겨진 반지 두 개. 상이해서 신기했던 두 번의 연애를 끝낸 후, 다시는 커플링처럼 곤란한 것은 남겨두지 않겠다고 다짐했었지.

마지막으로 화장을 점검하고 하얀 상자의 뚜껑을 닫아 다시 서랍 안으로 밀어 넣으려다 나는 문득, 이것들이 이렇게 평생 내 서랍 안에서 어색하게 머물게 되리란 사실이 두려워졌다. 상자에서 두 개의 반지를 꺼내 외투 주머니에 쑤셔 넣었다.

신부는 눈부시게 아름다웠다. 솔직히 이게 내 친구인지 의심스러울 정도로. 하얀 드레스는 사람을 이렇게도 만들어주는구나 싶어 새삼 그 능력에 감탄한다. 신부의 손에 끼워진 반지는 조그마한 다이아몬드가 박힌 금색의 반지여서 귀여운 내 친구에게 아주 잘 어울렸다. 그 반지가 서랍 속에서 잠들 일은 없겠지. 친구의 환한 미소를 보며 나는 그런 생각을 했다.

오랜만에 재회한 친구들과 수다를 떨고 커피를 마시며 놀다가 저녁 어스름 해가 질 무렵에 손을 흔들고 각자의 집으로 헤어졌다. 사람들로 북적대는 거리를 걸으며 습관적으로 외투 주머니에 손을 찔러 넣었다. 두 개의 반지가 손끝에 걸린다. 왜 이것들을 그대로 간직하고 있었을까? 드라마에 나오는 주인공들처럼 폼 나게 한강에 던져버릴 수도 있었을 텐데.

그래, 솔직히 아까웠지. 그 비싸고 예쁜 반지를 강에 던져버릴 수 있을 정도로 나는 드라마틱하지 못했다. 그래도 금붙이인데. 나름 추억인데. 버리지도 못하고 그렇다고 그걸 다시 아무것도 아닌 양 끼고 다니지도 못하는 어중간함. 반짝이는 눈으로 반지를 끼워주었던 그 순간들을 제대로 흘려보내지 못하고 서랍 구석에 묻어두는 낡은 취향.

길가에 떨어뜨릴까도 생각했다. 반지를 만지작거리는 손을 주머니에서 빼내어 모르는 척 그대로 옷장에 묻어버릴 수도 있었다. 하지만 어느 겨울에 또다시 발견되어 같은 고민을 반복하겠지. 나는 신부의 손에 반짝이던 그 반지를 떠올렸고, 과감해졌다.

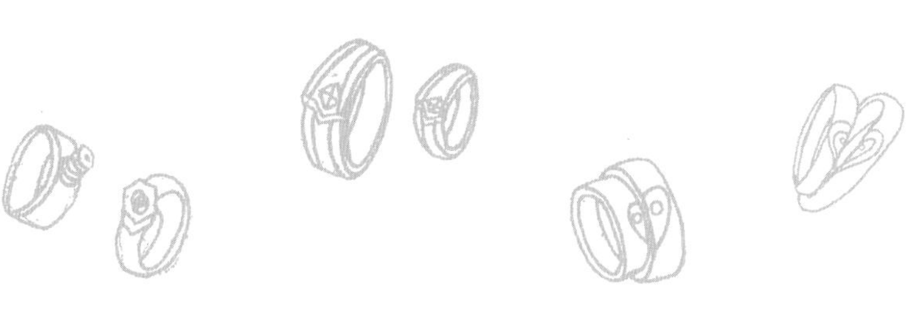

귀금속 상가가 늘어선 종로의 거리에서 '금 고가매입, 오래된 귀금속 녹여서 새 것으로 만들어드립니다' 라고 쓰인 작은 벽보를 발견하는 일은 그리 어렵지 않았다. 나는 유리문을 밀고 들어가 두 개의 반지를 내밀었다. 토파즈가 박힌 반지는 팔아 돈으로 받았고, 백금 반지는 녹여서 귀걸이로 만들기로 했다. 삼 일 뒤에 찾으러 오라며 금은방 아저씨는 어색하게 웃었다.

사흘 뒤, 나는 반짝이는 새 귀걸이를 하고 결혼식에서 부케를 받았던 친구를 불러내어 근사한 저녁을 샀다. 내게는 조금 사치였던, 그러나 한 번쯤 가보고 싶었던 작은 프렌치 레스토랑이었다.

그날의 스테이크는 정말 입에서 살살 녹았다.

tip. 33

커플링을. 사기 전의. 수칙.

커플링을 끼려는 연인들을 위한 커플링 수칙

1. 커플링으로 무언가를 증명해야 유지되는 사이라면 그만 둘 것
2. 구속의 의미는 내팽개칠 것
3. 커플링이 합쳐지면 러브러브 파워레이저가 나갈 것이라는 환상은 버릴 것
4. 혹시라도 서랍에 홀로 남겨진 이전의 커플링은 모두 처분할 것
5. 혹시 모를 훗날을 생각하여 오래도록 가치가 유지되는 재질로 고를 것. 순금 추천
6. 커플링을 끼고 상대방의 얼굴을 가격하는 일이 없도록 맹세할 것
7. 기왕 꼈으면 손을 잡을 때 꼭 깍지를 끼고 다닐 것

고양이를 키우세요

기묘한 하루였다.

번쩍 하는 기운과 우르르릉 낮게 몸을 울리는 천둥 소리에 눈을 떴을 때, 타이밍 좋게 알람이 울렸다. 핸드폰의 LCD창에 시퍼렇게 '06:30' 숫자가 눈부시다. 그러나 나는 도무지 지금이 아침 여섯시 삼십분이라는 사실에 적응할 수 없다. 약간 모자란 듯 그러나 눈을 뜨기에 적당한 햇빛이 깔려 있어야 할 방은 여전히 부드럽고 습한 어둠이 지배하고 있었다. 내가 혹시나 꿈을 꾸고 있는 건 아닐까.

침대 위로 폴짝 가슴 위로 사뿐 올라와 만져달라 졸라대는 야옹이의 호박색 눈빛에서 비로소 아침이 왔음을 인지한다. 천천히 몸을 일으켜, 입고 있던 잠옷을 침대 위에 내던지고 세 걸음에 욕실로 간다. 좁은 방이다. 샤워기를 마이크처럼 잡고 쏟아지는 물줄기로 입안을 헹궈내니 정신이 한걸음 돌아온다. 수증기로 희뿌연 욕실 공기가 답답하여 김 서린 창문을 열었다. 옷장을 열어 흐린 날과 어울리는 짙은 보라색 셔츠를 꺼내 입는다. 화장은 투명한 립글로스로 마무리한다. 방안을 부유하던 야옹이 털 한 가닥이 끈적한 입술에 붙었다. 밥그릇에 사료를 부어주고 가방을 챙긴다. 지갑과 핸드폰, 책 한 권, 아이팟, 다이어리와 담배를 쑤셔 넣고 불룩해진 가방을 토닥토닥 두드려 어깨에 둘러멘다. 현관으로 향하는 내 다리 뒤에 야옹이 두 녀석이 따라 붙었다. 턱을 한 번씩 쓰다듬어준다.
'엄마가 돌아올 때까지 잘 자고 잘 먹고 잘 놀아요'

방을 나서기 전의 마지막 행동은 현관의 전등 스위치를 켜는 것. 밤 그림자를 늘어뜨리며 어두운 벽을 더듬더듬 전등 스위치를 찾을 때의 알싸한 기분을 느끼느니 에너지를 낭비하는, 개념 없는 시민이 되련다.
회사의 내 책상은 여전히 너저분했다. 서류더미들을 헤치고 포스

트잇의 바다를 헤엄치며 모니터 화면을 구멍조끼처럼 부여잡고 하루는 그렇게 고속재생으로 흘러간다.

밤의 시작을 알리는 네온 불빛을 받은 채로 집 앞 골목에서 내 방 창문을 바라본다. 희미하게 어둡다. 열쇠 구멍에 쇳조각을 밀어 넣고 딸깍 하는 소리에 안심한다. 밝은 현관문 앞에는 북실북실한 네 발의 고양이 대신 고양이 눈을 한 소년 두 명이 버티고 서 있다. 나는 놀라는 대신 눈을 세 번 소리 나게 깜빡였다.

가끔 생각했었지. 내가 현관문을 나서는 순간 우리의 야옹씨들은 나른하게 몸을 쭉 뻗어 소년의 모습으로 돌아가는 것은 아닐까. 수다스런 갈색머리의 소년과 무뚝뚝한 금발의 소년은 침대에 나란히 앉아 담배를 피우며 사료 같은 거 말고 맛있는 생닭을 먹었으면 좋겠는데 궁핍한 우리의 하녀는 마냥 바스락거리는 맛 없는 것들만 주고 있다고 구시렁구시렁 리모컨을 딸깍딸깍 카툰 네트워크를 보며 하루를 보내지 않을까. 발소리를 죽이고 살금살금 방으로 돌아가 그 소년들 사이에 나란히 누워 뒹굴었으면 좋겠다는 상상을 한 것이 이미 열 손가락을 넘는다.

"어이, 돌아왔네."
"응, 너희들은 잘 잤어?"
"앞 건물 공사 소리가 좀 시끄럽긴 했지만 나름대로 잘 잤어. 우리 침대는 편안한 수면과학을 제공한다고 그러던걸."
"정확히 말하면 우리 침대가 아니라 내 침대야."
"흥, 하루 종일 이 방을 지키고 있는 건 네가 아니라 우리라고."
종알종알 말도 많은 것은 분명 빠냐일 테고, 옆에 묵묵히 서 있는 것은 무냐렷다.
"근데 오늘은 왜 이 모습이야?"

"아, 오늘은 그런 날이야. 회사에서 뉴스 못 봤어?"
"오늘 하루 종일 바빴어. 무슨 뉴스?"
"코끼리 여섯 마리가 동물원에서 뛰쳐나와 식당을 부수고 경찰서에 잡혀갔다는 뉴스 말이야. 그 찌푸린 얼굴로 질겅질겅 껌을 씹으며 코로 펜을 잡고 '코끼리의 코는 코일 뿐 손이 아니다' 라는 조서를 작성했다고 하더군. 우리는 그 영웅적 행동을 기리기 위해 오늘 하루 특별히 네 앞에 이 모습을 드러낸 거지."
"아, 그 뉴스 들은 것도 같군. 근데 결정적으로 영웅적 코끼리와 너희들 모습 사이에는 별 연관성이 없어 보이는구나."
"알아. 그지만 우리가 보기에 네 행동도 꼭 그렇게 인과성을 가진 것처럼 보이지는 않더라만."

으음. 듣고 보니 그렇다. 생각보다 이 녀석들은 나를 잘 알고 있다. 하긴 벌써 사 년을 넘게 지내왔으니 그럴 법도 하다. 내 알몸부터 혼자 중얼거리는 불안한 언어들, 이 방을 거쳐 간 남자들, 나도 모르는 내 잠버릇까지도 알고 있겠지. 남 모르게 흘렸던 미친 눈물들도 다 보았겠지. 입막음이 필요하겠군.

특별히 싱크대 둘째 서랍을 열어 제일 맛있는 냄새가 나는 생선 통조림을 땄다. 밥그릇에 덜어내는 대신 스푼을 하나씩 꽂아 건네주었다. 소년의 모습을 하고 스푼으로 통조림을 먹고 있어도 여전히 혀는 그렇게 까끌까끌할까 궁금했지만 감히 만져볼 수는 없었다. 싹싹 바닥까지 긁어먹은 빈 캔을 내 손에 건네면서 금발의 소년이 말한다.

"잘 먹었어. 피곤하지? 어서 씻고 와."

나는 소년들이 시키는 대로 화장을 지우고 세수를 하고 발도 씻고

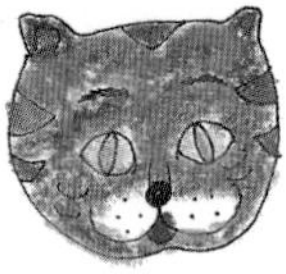

침대에 누웠다. 금발의 소년은 오른발을 갈색머리의 소년은 왼발을 잡고 꾹꾹 주무르기 시작한다.

순간, 나는 '푸핫' 하고 웃음을 터뜨릴 수밖에 없었다. 사람의 손가락을 하고 있어도 역시 야옹이 발바닥의 말캉한 젤리 같은 감촉은 고스란히 남아 있구나……

잠이 온다. 스르르. 평생의 하루쯤 이처럼 기묘하게 달콤하니 나쁘지 않구나. 내일부터는 현관의 불을 끄고 다녀도 괜찮겠다고 생각한다.

tip. 34

고양이를.
키우자.

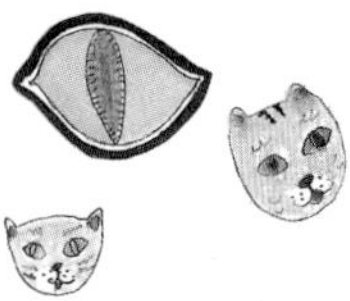

고양이와 함께 산 지도 벌써 5년이 되어간다. 결심을 하게 된 순간은…… 생명의 흔적이 아무것도 없는 방에 혼자 불을 켜고 들어가는 순간이 너무너무 싫어서였다.

온기가 필요했다. 그래서 나는 작고 복슬복슬하면서도 낮에는 주로 잠을 자는 고양이를 선택했다. 그리고 이내 고양이들이란 무척이나 귀찮고 힘든 존재란 사실도 알았다. 옷과 수건은 털투성이고, 사료와 모래값도 만만치 않고, 접종도 시켜줘야지, 매일 놀아줘야지, 털도 빗겨줘

야 하고, 아프기라도 하면 심장은 덜커덕. 하지만 단 한 번도 후회한 적은 없다. 그들이 보여준 귀여운 애교와 온기와 애정과 위안은 그 어떤 것과도 바꿀 수 없었으니까. 나는 고양이들에게 빚을 졌다.

고양이와 함께 살고 싶은가. 그렇다면 우선 집안 모두에게 동의를 구한다. 그리고 털 알레르기가 없는지, 혹시나 숨겨진 천식은 없는지 검사한다. 그리고 옷과 이불과 입술에 달라붙는 것도 모자라 국에 둥둥 떠다닐 수많은 털을 감당할 수 있는지 자문해본다. 매달 사료값과 모래값과 병원비를 감당할 수 있는지 통장 잔고도 체크한다. 무엇보다 제일 중요한 건 고양이가 무지개다리를 건너 당신에게 작별인사를 할 때까지 함께하겠다고 맹세하는 것. 생명이니 당신에게는 책임감이 필요하다.

모든 준비가 되었는가? 이제 운명의 고양이를 찾아 나선다. 인터넷의 고양이 동호회에는 언제나 고양이 분양글이 올라온다. 천천히 숨죽이며 건강한 아기 고양이를 탐색한다. 분명 당신의 눈에 넣어도 좋을 만큼 귀여운 고양이가 나타날 것이다.

이제 사랑하고 사랑받는 일만 남았다. 물론 말썽을 뒤처리 하는 일도.

장갑을 샀다

장갑을 샀다. 그게 뭐 대단한 일이랴 싶지만.

무언가를 잘 잃어버리는 편은 아니고 그냥 딱 남들만큼만 분실사건을 겪는 나이지만 유독 장갑은 일회용 라이터만큼 잘 잃어버렸다. 예전에 끼던 벙어리 장갑도 어디론가 사라졌고, 엄마가 주었던 갈색 가죽 장갑도 한 쪽만 덩그러니 남았으며, 이래저래 열 손가락을 꼽아도 모자랄 지경이었다. 그래서 언젠가부터 아예 장갑을 사지 않았다. 맨손이 빨갛게 얼면 주머니에 쑤셔 넣거나 입김을 불어 꼼지락거리는 것으로 겨울을 났다.

그 모습을 참지 못하고 장갑을 선물했던 사람이 있었다. 난생 처음 가져보는 무척이나 여성스러운 장갑이었다. 손목에 부드러운 털이 보송보송 달린 검고 얇은 장갑이었지. 벙어리 장갑이나 알록달록한 색색의 니트 장갑이 아니면 나에게 어울리지 않는다고 생각했는데 의외여서 기뻤다. 허나 겨울이 다 가기도 전에 그는 난데없이 이별을 선언했다. 세상에 영원한 비밀은 없는지라 알고 보니 다른 여자친구가 있었고, 나는 얼이 빠졌고, 다시 정신이 들었고, 장갑을 쓰레기통에 처넣으며 "이 개놈새끼, 죽어버려" 라고 외쳤던 것 같다. 다음해 겨울은 그래서 장갑 없이 보냈다.

늦은 봄에 만났던 그 사람도 나에게 장갑을 사주었다. 이번엔 무지개떡 색깔을 한 벙어리 장갑이었다. 대학로의 가판에서 빨간색 장갑과 이 무지개 장갑을 놓고 고민했다. 나는 빨간색을 원했지만 그는 무지개를 고집했다. 그리고 변덕 심한 이른 봄의 어느 날, 그는 내 인생에서 사라졌다. 다행히 이번에는 '이 개놈새끼' 라고 외칠 만한 일은 일어나지 않아 나는 그 장갑을 서랍 깊숙한 곳에 넣어두었었다. 허나 서랍은 온갖 잡동사니의 블랙홀이라 이듬해 겨울에 그 장갑을 찾아보니 온데 간데 흔적도 없이 사라져버리고 말았다. 스르르 사라지는 무지개 같다고 생각하면서 어깨 한번 으쓱. 주머

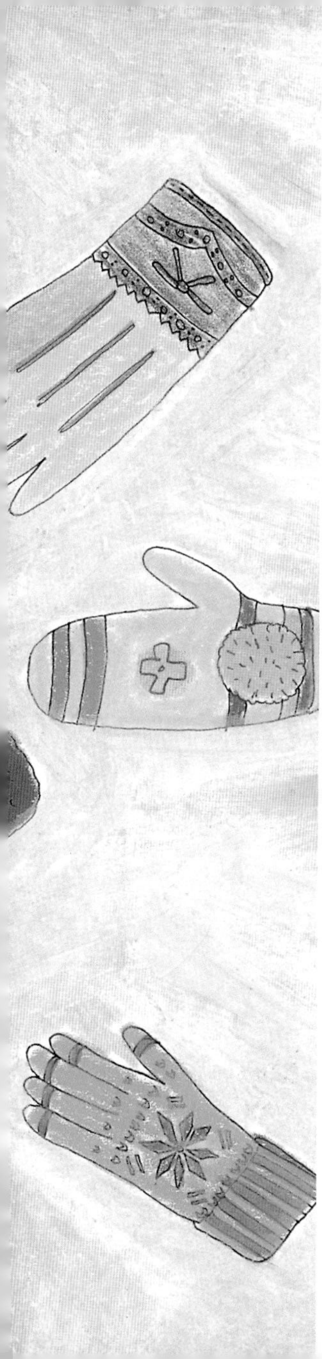

니에 손을 넣고 걷다 중심을 잃어 등허리에 식은땀 한 번 흘려준 것 외에는 별탈 없이 그 해 겨울을 났다. 동상 따위 걸리기엔 한반도의 겨울은 너무 따뜻해져버렸으니까.

크리스마스 이브에 만나 마술처럼 데이트를 시작했던 그 녀석은 늘 나에게 장갑을 사주겠다고 했다. 딱히 마음에 드는 것이 나타나지 않아 미루고 미루던 사이 겨울은 지나버렸다. 그리고 길어진 해와 함께 마음도 녹아버렸던가. 둘 다 참을성이 없었어.

그래서……장갑은 어쩐지 애인이 사줘야 하는 것이 되어버렸다. 스스로 사는 장갑은 손이 부끄러운 기분이 들었다. 가방을 든 손이 시려서 장갑 하나 사야지 하면서도 쭈뼛쭈뼛 미루게 되는 이 기분. 어쩐지 누군가 짠 하고 나타나 장갑 한 켤레를 내밀지 않을까 하는 기대감. 스스로 손톱을 깎지 못한다는 누군가처럼 나는 장갑을 스스로 사지 못했다. 장갑이 없어도, 맨손이어도 그래도 겨울이 점점 따뜻해져서 참을 만했다.

하지만 오늘, 추워도 너무 추웠다. 손가락이 빨갛게 얼어서 아팠다. 그래서 샀다, 장갑. '손가락 장갑 플러스 벙어리 장갑'으로 모자 같은 뚜껑을 씌우면 벙어리 장갑이 되고 그걸 벗기면 맨손가락이 보이는 도둑놈 장갑이 되는, 이상한 장갑을 샀다. 따뜻했다. 칼바람이 불어도 손이 차갑게 식을 일은 없을 것 같았다. 진작 살 것을.

피식. 왜 이리 바보 같은지. 장갑을 들고 찾아오는 겨울의 연인을 서른이 되어서까지 미련하게 기다리고 있었다니. 장갑 낀 손으로 머리를 꽁 쥐어박는다.

이제야 겨우, 서른하나가 되어서야 겨우, 내 손 내가 잡는 법을 알게 될지도 모르겠다.

tip. 35

장갑.
고르기.

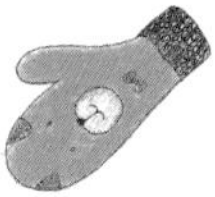

맘에 드는 장갑을 만나기란 왜 그리도 힘든지. 무엇보다 새 장갑은 손에 익지 않아 내 장갑이 되기까지는 시간도 조금 걸리니 더욱 그렇다. 유행타지 않으면서 예쁘고 따뜻하고 손도 편한 궁극의 장갑은 어디 있는 걸까요.
암튼 우아하고 엘레강스하며 성격 차분하지 않은 사람이라면 손가락에 착 감기는 벨벳 장갑은 포기하자. 마음 유난히 뜨셔서 손발 차가우신 분들이라면 안에 양털 잔뜩 넣은 가죽 장갑이 좋을 테고, 귀여운 털모자가 잘 어울리는 분들이라면 니트로 짠 벙어리 장갑이 좋을 테지. 털은 꼭 부들부들한 것으로. 손을 한시도 가만히 못 있는 성격이라면 활동성 좋은 손가락 요술 장갑도 괜찮겠군. 장갑을 고를 때는 꼭 손에 껴보고 양 볼에 대어본다. 그 모습이 절대적으로 맘에 들어야 한다.

바람 냄새

예기치 않은 야근이었다.

계획대로였다면 일곱시쯤 퇴근해서 단골 숍에서 네일 케어를 받고 짙은 보라색의 매끈한 손톱을 하고서 집에 돌아가 맥주 한 캔을 딴 후 『800만 가지 죽는 방법』을 끝냈어야 했다. 하지만 나에게 계획대로 되는 삶이란 너무나 소원한 일. 느닷없이 밀려든 일로 꼼짝없이 붙들려 있다가 사무실 불을 모두 끄고 경비시스템을 작동시킨 시간은 열한시. 네일숍은 이미 문을 닫았겠고, 내일도 모레도 다 저녁 약속이 있으니 토요일까지는 지저분한 손톱을 부끄러워해야겠군.

지하철은 적당히 붐볐다. 새로 바뀐 딱딱한 지하철 의자는 영 맘에 들지 않는다. 자꾸 미끄러지고 허리도 아프고 무엇보다 차가워서 예전의 그 폭신하고 낡은 초록색 의자가 그리웠다. 신림 즈음을 지나자 전동차 안은 몰라보게 한산해졌다. 밤이 깊었고 여전히 나는 알코올 중독과 싸우고 있는 무면허 탐정 이야기에 푹 빠져 있었다.

그리고……

갑자기 공기가 바뀌었다. 낙성대역이었나. 나는 고개를 들어 새로운 공기의 진원지를 바라봤다. 터벅터벅 들어와 내 옆자리에 털썩 앉은 한 청년. 그에게서 바람 냄새가 났다. 산책을 좋아하는 사람이거나 여행을 좋아하는 사람이라면 누구나 알 수 있다. 시원한 바람이 부는 길을 삼십 분 이상 열심히 걷다가 어딘가 잠시 쉬러 들어가거나, 잠시 멈추어 앉아 있으면 자신의 몸과 머리칼에 바람 냄새가 배었다는 것을…… 먼지 냄새와 풀 냄새가 약간 섞인 듯한, 상쾌하긴 하지만 좋은 향이라고는 말할 수 없는 그런 냄새.

그는 어디를 그렇게 걸었길래 몸 한가득 바람 냄새를 품고 왔을까. 여자친구를 집까지 데려다주고 돌아오는 길일지도 모른다. 아니면 그냥 쌀쌀한 밤공기가 좋아서 멀리서부터 좀 걸었을지도 모르겠다. 헝클어진 머리와 살짝 남은 여드름 자국이 무척 귀여운 청년이었다. 나보다 적어도 일곱 살은 어린 듯한, 바람 냄새가 잘 어울리는 아이였다. 나는 한동안 그에게서 나는 바람 냄새를 가만히 맡고 있었다.

스페인에서, 달리가 살았던 항구 마을에 바람이 정말 많이 불었었지. 올리브 나무가 휘청거리고 구름이 흩어져 찍는 사진 모두 바람의 형태가 잡혀 나왔으니. 탈것이 없는 그 마을에서 나는 참으로 열심히 걸었다. 한 시간이 넘는 거리를 걸으면서 머리칼 속속들이 바람 냄새를 묻히고 다녔다. 그게 그렇게 행복할 수 없었다. 외투에서도 손끝에서도 바람 냄새가 났었어. 그게 그렇게도 좋았다.

많이 늦은 시각이었지만 집이 있는 합정역의 전 정거장인 당산역에 내렸다. 열두시에 문을 닫는 선유도 공원을 통과하려면 서둘러야 한다. 걷는다 또 걷는다. 늦은 시간의 공원은 밤 운동을 즐기는 부부와 꼭 끌어안고 있는 몇몇 청춘들을 제외하고는 지나치게 한산했다. 나무로 지어진 다리를 건너 조명이 켜진 공원을 빠져나간다. 양화대교를 마저 건너고 몇 개의 횡단보도를 지나 계속 걷는다. 바람이 불었고 머리가 흩날렸다. 크게 숨을 쉬었다가 내뱉는다.

집 앞에 도착했을 때는 자정을 약간 넘긴 시각이었다. 고양이들이 기다리고 있는 현관문을 열자 내 방 냄새가 난다. 고양이 냄새와 내 체취와 방에 널어놓은 빨래에서 나는 섬유유연제 냄새가 기묘하게 섞인 냄새. 가방을 내려놓고 머리칼을 끌어와 코에 대고 숨을 들이마신다. 나는 만족스럽게 웃었고 엉망으로 헝클어진 머리 그대로 기념사진을 찍었다.

아주 오랜만에 내 몸에서도 바람 냄새가 났다.

tip. 36

산책을.
하세요.

차가 쌩쌩 달리는 큰 길과 지쳐버리기 쉬운 높은 동네가 아니라면 모두 다 산책에 좋은 길. 아, 휘황찬란한 유흥가나 쇼핑가는 외로워질 수도 있으니 피하자. 적당히 익숙하면서도 적당히 새로운 것들을 찾아낼 수 있는 조용한 동네 어귀가 좋겠다. 가벼운 컨버스를 신고 더우면 벗고 추우면 입을 수 있는 웃옷을 걸친 채 그냥 걸으면 된다. 콧노래를 불러도 이상하지 않을 동네. 얼룩무늬 고양이도 한 마리쯤 마주칠 수 있는 그런 동네. 그것이 우리의 산책길.

그 블라인드

누구는 너무 충동적이라고, 누구는 네가 고생을 덜 해봐서라고,
누구는 잘한 일이라고 했다.

그랬다. 나는 불과 보름 전에 회사를 때려치웠고, 그 다음날 비행기 표를 샀으며, 열흘 동안 내가 가진 모든 책과 CD와 DVD를 처분했다. 그리고 이틀에 걸쳐 트렁크 두 개를 싸서 하루에 걸쳐 이곳으로 날아왔다. 통장에 있는 돈을 탈탈 털어서 작은 방을 하나 구했고, 이불을 샀고, 전화와 팩스가 같이 되는 중고 복합기를 하나 샀다.

라디에이터가 자꾸 덜덜거려 새삼 따뜻한 온돌방이 생각난다. 창문 밖을 내다보니 하수구에서 모락모락 김이 솟아난다. 하수구 아래 따뜻한 물이 흐르는 걸까. 고향집 근처의 온천탕을 생각하면서 다시금 내가 낯선 곳에 떨어져 있다는 사실에 뿌듯함을 느꼈다.

열 권 정도 들고 온 소설책 중 하나를 집어 침대 위에 엎드려 읽기 시작했다. 이내 스탠드 불을 끄고 침대 위에 모로 누웠지만 도로를 지나는 차들의 헤드라이트가 자꾸 벽을 밝혀서 수면을 방해했다. 이불을 머리끝까지 뒤집어쓰면서 내일은 랭귀지스쿨에 등록하고, 무슨 일이 있어도 블라인드를 사야겠다고 다짐한다.

마켓은 정돈이 잘 되어 있어 굳이 슬픈 외국어로 묻지 않아도 원하는 전동드릴과 블라인드를 살 수 있었다. 무엇보다 'DIY' 'EASY!'였다. 자신감이 붙었다. 오늘 밤부터는 지나치게 밝은 헤드라이트에 달콤한 잠을 빼앗기지 않으리라. 옷도 훌렁훌렁 벗어던지며 혼자 사는 즐거움을 만끽하리라. 한쪽 옆구리에는 긴 블라인드를 끼고 다른 한 손에는 공구 세트를 든 채 가벼운 발걸음으로 몇 블록을 뛰다시피 돌아왔다.

짐이 없어 발소리가 왕왕 울리는 휑한 집에 들어서자마자 나는 비닐 포장을 벗기고 블라인드를 달기 시작했다. 설명서를 펴놓고 'EASY!'에 기운을 얻으며 그림을 살펴본다. 우선 이 이상하게 생긴 핀 같은 것을 천장에 달고, 거기에 긴 막대를 사샤샥 끼우기만 하면 되는 거네. 간단하잖아!

그러나 전동 드릴을 다루는 것은 쉽지 않았다. 윙- 요란한 소리를 내며 돌아가는 드릴을 천장에 대자마자 회칠한 석고 조각들이 얼굴로 떨어져내리기 시작했고 나는 겁을 먹었다. 어찌어찌 핀을 박기는 했지만 균형을 맞추어 블라인드를 끼우기가 만만치 않았다.
'DIY'라더니 혼자 할 수 없잖아! 나는 슬슬 화가 났다. 벌을 서는 자세로 두 팔을 들어 올리고 겨우 긴 막대를 끼워 넣는가 싶더니 밀어 넣은 막대기는 힘없이 빠져버린다. 설명서에 따르자면 분명 딸깍 소리가 나면서 들어맞아야 할진대 뭐가 잘못된 것일까.

한 시간을 더 낑낑대다가 나는 포기했다. 이제는 팔이 부들부들 떨려서 드릴을 잡을 수도 없다. 서러움이 저 하수구의 김처럼 모락모락 피어올랐다. 겨우 이 블라인드 하나에 이렇게 한계를 보이다니 한심하고 우울해졌다.

MIC
X
Y
A
B
START
SELECT

문득, 전화가 하고 싶어졌다.

중고 전화기의 수화기를 들었다가 그곳은 한밤중이라는 데 생각이 미쳐 그만 내려놓았다. 그래, 전화비도 비싸단 말이지. 대신 나는 보름 전까지 근무하던 회사로 장난스런 팩스를 보내기로 했다.

'나, N이에요. 잘 도착했어요. 블라인드를 달려다가 실패. EASY라고 쓰인 광고 문구는 다 새빨간 거짓말이야. 여기나 거기나 광고쟁이들은 거짓말만 늘어놓는군. 도대체 왜 안 되는 거지?'

아침에 출근하여 누군가 발견하고는 돌려 읽을 수도 있고, 장난질이라며 쓰레기통에 처박힐 수도 있다. 뭐, 어쨌거나 상관없었다. '삐-' 소리가 났음이 중요한 것이다.

다음 날, 랭귀지 스쿨을 끝내고 다시 마켓에 들렀다. 매장을 한 바퀴 돌아 결국 산 것은 'Super'가 붙은 두꺼운 양면테이프와 커피메이커였다. 몇 블록이나 되는 거리를 이번에는 천천히 둘러보며 걸었고 여전히 발소리가 천장까지 메아리치는 집으로 돌아왔다.

열쇠를 돌리고 서늘한 기운을 느끼며 문을 열었을 때, 책상 위에 빨간 불빛이 반짝거리는 것이 보였다. 그리고 그 아래는 기계의 입에서 토해낸 팩스 용지들이 폭포수처럼 바닥을 휘감아 덮고 있었다. 이런, 고장인가?

out of paper. 붉은 빛이 반짝인다. 나는 구렁이처럼 휘휘 감긴 팩스용지의 끝자락을 겨우 찾아내어 차가운 바닥에 주저앉아 읽기 시작했다.

'Hey, 잘 도착했다니 다행. 어떤 종류인지 모르지만 다 비슷하겠지. 블라인드 다는 법을 검색해서 보내니 잘 읽어봐'

그리고 포털 사이트에서 검색한 게 분명한 '손쉬운 집안 꾸미기, 블라인드 달기' 기사가 딸려 있었다.

'가니까 좋아? 그러게 집 나가면 고생이라고 그랬잖아. 그냥 혼자 애쓰지 말고 사람 불러. 벽안의 핸디맨과 사랑에 빠질 수 있는 절호의 기회야.'

'블라인드를 고정시키는 핀을 거꾸로 부착한 게 아닌가 의심됨. 뒤집어서 달아보고 그래도 안 되면 다시 팩스 요망.'

'그냥 신문지 붙여놓고 살아. 나도 예전에 그랬어.'

'그쪽 블라인드는 뭐가 좀 다른가 봐? 내가 가려거든 남자 하나 구해서

같이 도망가라 그랬지? 암튼 잘 살아.'

'다음 주쯤에 그쪽으로 해외촬영 잡혔어요. 전화번호 알려주시면 가서 연락할께요!'

'블라인드보다 커튼 권장. 그게 더 달기 쉬울걸?'

각기 다른 필체로 각기 다른 해법이 팩스 용지를 통해 끊임없이 쏟아져 나왔다. 나는 그 긴 용지를 끌어안고 엉덩이가 차가워져

딱딱하게 굳을 때까지 꼼꼼히 세 번씩 읽은 후에야 바닥에서 일어났다. 팩스 용지를 둘둘 말아 끊어내고 책상 서랍에 잘 넣었다. 그리고 다시 블라인드를 다는 작업에 착수했다.

전동드릴도 뭣도 필요 없었다. Super 어쩌고 씌어 있는 양면테이프를 꺼내어 천장에 똑바로 붙인다. 그리고 블라인드를 들어올려 척 붙였다. 따뜻한 커피를 머그잔 가득 끓여 마셨는데도 숙면이 찾아왔다.

그 숙면의 날부터 그 방은 완벽한 '내 방'이 되었다. 아무리 둘러봐도 온통 낯선 그 도시에서 그 방만큼은 유일하게 긴장을 풀고 속옷차림으로 너부러져 있어도 좋은 곳이었다. 그리고 무엇보다 내가 돌아가야 할 곳이었다. 블라인드가 쳐진 창문을 볼 때마다 나는 그 창문이 열네 시간쯤 떨어져 있는 한 곳으로 통하는 앨리스의 거울 같아 흐뭇했다.

100일쯤 지나자 방을 텅텅 울리던 발자국 소리는 잦아들었다. 그리고 기꺼이 찾아오는 친구들도 생겼으며, 더 이상 도시가 낯설지 않았다. 그렇게 딱 360일을 그 방에서 살았다.

올 때보다 두 배는 더 늘어난 짐을 꾸리고 공항으로 떠나던 날 아침, 내가 마지막으로 본 풍경은 반쯤 창문을 가린 그 블라인드였다. 아쉬운 마음에 뒤돌아보았더니 여전히 튼튼하게 그 자리에 붙어 있었다. 덕분에 나는 미소를 지으며 든든한 마음으로 방문을 닫았다.

자, 내가 돌아가요.

독립.
하기.

나는 지금 현재 독립하여 혼자 살고 있다. 주민등록등본을 떼어보면 세대주로 내 이름, 딱 하나만 인쇄되어 나올 뿐이다.
독립은 보통 부모님으로부터 떨어져 나와 혼자 사는 것이라고 여기기 쉬운데, 내가 생각하는 독립은 그것에 하나의 조건이 더 붙는다. 경제적으로든 정신적으로든 스스로의 생활을 온전히 홀로 책임지는가. 진짜로 스스로의 생활을 스스로 책임질 수 있는 생활인인가.
주변에서 심심치 않게 홀로 살고 싶어하는 꿈 많은 소녀들을 본다. 혼자 산다고 하면 '정말 좋겠어요. 부모님 간섭 안 받고' 라며 반짝이는 눈망울로 이야기한다. 아마 '혼자 사는 독신 여성'의 화려한 이미지를 머릿속에 떠올리기 때문이리라. 한강이 내려다보이는 깔끔하고 넓은 오피스텔, 아침은 은은한 향의 커피와 토스트일 테고, 노트북과 책들이 놓여 있는 책상과 음질 좋은 오디오와 아기자기한 소품들. 드라마에서 늘 독신여성의 생활공간으로 나오는 뽀샤시 이미지들이 날아다니고 있지는 않을까. 근데, 그렇게 사는데 드는 돈은 어디서 나올갑쇼?

그래, 솔직히 대답하자. 응 독립해서 혼자 사니까 좋아요. 근데 늘 월세 내는 날이 되면 손이 부들부들 떨리며 한숨만 푹푹 쉬죠. 역시 부동산이 돈을 번다 생각하면서. 그 낡고 좁은 방이 왜 이리 비싼지. 전기세 가스비 내는 것 깜빡해서 '공급중지예고장'이 붙어 있는 현관문을 바라보며 가슴 떨려요. 청소가 취미가 아닌 이상 늘 어질러진 책상에서 무언가를 찾아 헤매죠. 커피와 토스트? 성욕감퇴용 씨리얼 먹을 시간도 없는걸요. 냉장고에 물이나 채워 넣으면 다행이지. 중국집도 자장면 하나 시키면 싫어해요. 빨래는 또 왜 이리 많이 쌓이는 거야. 화장실 휴지 사다놓는 것 깜빡해서 난감한 경우는 정말 죽고 싶다고요.

치약하고 샴푸는 왜 이리 자주 떨어지는 건데. 맘먹고 대형마트에라도 가는 날이면 생필품이라고 이름 붙은 것들이 왜 이리 비싸? 형광등 나가고, 변기 막히고, 냉장고 웅웅거리고 그거 다 뚝딱거리며 혼자 고쳐요. 너무너무 아픈데 아무도 없어요. 혼자 119 부르는 기분 생각해봤어요? 통장 잔고 '0'의 숫자를 보면 정말 죽고 싶죠. 월급날은 일주일 남았는데 뭐 먹고 사나 싶어 하늘이 노래요. 의도치 않은 다이어트를 해야 하죠. 장마철의 반지하방은 정말이지 지옥이에요. 벽마다 곰팡이 꽃이 전염병처럼 퍼진다고요. 이거 다 내 얘기예요. 아름다운 독립.

이 모든 것을 맞이할 준비가 되었다면 독립을 권한다. 누구의 간섭과 강요를 받지 않으며 그 스스로 가치를 갖기를. 그리하여 내가 귀가하고 싶은 시각에 귀가할 수 있는 자유와 초대하고 싶은 사람들을 불러 모을 수 있는 자유와 혼자만의 공간을 갖는 즐거움과 눈치 보지 않고 행동할 수 있는 기쁨과 벗고 돌아다닐 수 있는 해방감을 누리시라.

힘내세요, 치토스

Cheetos

지금 응암 순환, 응암 순환 열차가
들어오고 있습니다

6호선의 열차문은 뜸을 들이고 열린다. 사람이 그다지 붐비지 않아 웬만하면 앉아서 목적지까지 갈 수 있는데다가 조용하고 깨끗한 6호선. 오늘도 아찔한 에스컬레이터를 타고 통통 소리를 내며 버티고개역 플랫폼에 내려선 후 5분쯤 기다려 한가한 6호선을 타고 집으로 가고 있었다. 대부분 신문이나 책을 읽고 있거나, 핸드폰 게임을 하고 있거나, 음악을 들으며 눈을 감고 있었다. 그 속에서 나는 그가 이별을 고하고 지하철 안으로 사라지던 순간을 떠올리며 속으로 비명을 지르고 있었다.

그런데 이태원 즈음이었나. 난데없이 치토스가 등장했다. 아니, 정확하게 말하자면 자기를 치토스라 주장하는 치타 무늬 동물 옷을 입은 젊은 사내였다. 그는 점박 무늬와 커다란 발이 귀여운 털옷을 입고, 치타인지 호랑이인지 고양이인지 구분하기 힘든 커다란 동물머리를 옆구리에 끼고는 "안녕하세요, 여러분의 귀염둥이 치토스입니다"라고 꾸벅 인사했다. 그 사내의 엉덩이에서 삐져나온 긴 점박이 꼬리가 시야에 들어오는 순간, 나는 차마 외면할 수 없어 그의 말에 귀를 기울였다.

그는 이태원호텔 지하 일층에 자리한 나이트클럽 INTERFACE의 웨이터 '치토스'였다. SBS공채 6기 개그맨이고 어딘가의 개그맨 선발대회에서 은상을 수상한 개그맨인데, 방송출연을 하고 개그맨 생활을 하려면 돈이 필요하기 때문에 웨이터 생활을 하고 있다고 했다. 언젠가는 TV에 나와 여러분을 더 웃기게 해드리고 싶지만, 그 전에 그 인터 뭐시기 하는 나이트클럽에 와서 치토스를 찾아주시면 사명감을 갖고 부킹을 책임지겠다고 했다. 그러면서 핑크색 명함을 꺼내 지하철에 있는 사람들에게 나눠주기 시작했다. 수질

관리를 위해 30대 초반 이하에게만 배포하겠다면서. 그 명함은 결국 내 손에도 쥐어졌는데, 내게도 주는 걸 보니 수질관리가 그리 심한 곳은 아닌 것 같았다.

그가 쥐어준 명함에는 연락처와 개그맨이라고 주장하는 약력과 사이월드 주소가 함께 기재되어 있었다. 가장 인상적인 것은 '부킹에서 결혼까지 골인!'이라는 문구였다. 부킹에 대한 불타오르는 사명감이 느껴지는 엄청난 카피가 아닌가. 객차를 다 훑고 난 치토스는 "언젠가 부킹 하고 말 거야~" 라는 발랄한 멘트를 끝으로 사라졌다. TV 광고에서처럼 쌩- 하니 발을 굴리며 사라지지는 못하고 커다란 발을 어기적거리면서 점박이 꼬리를 살랑살랑 흔들면서 그렇게 사라졌다.

지하철 6호선은 다시 조용해졌고 나는 핑크색 명함을 점퍼 주머니에 쑤셔 넣었다. 더 이상 헤어짐의 순간을 떠올리지는 않았다. 그저 평온한 지하철에 몸을 싣고 조금 피곤해했을 뿐이었다. 상수역 4번 출구를 빠져나오니 찬바람이 볼을 만진다. 집이 가까웠다. 이제 나는 편히 몸을 뉘이면 되는 거다. 아마도 치토스의 일과는 이제 시작이겠지. 힘내세요, 치토스. 언젠가 방송출연도 먹고 말겠죠.
공기가 제법 따뜻했다.

tip. 38

우연한. 응원.

세상이 다 나를 등지는 것처럼 느껴지는 순간이 있는 것처럼 세상이 다 내 등을 토닥이는 것처럼 느껴지는 순간도 있다. 우연히 고개를 들었을 때 나를 보고 미소 짓고 있는 광고판의 장동건, 눈 밑의 그늘을 보고 오늘 스모키 화장 잘 먹었다고 칭찬해주는 직장 동료, 우연히 주운 500원짜리 동전, 라면이나 끓여먹을까 하고 너구리 봉지를 뜯었는데 세 개나 들어 있는 다시마, 아가씨가 복스럽다며 사과 한 개 더 넣어주는 과일가게 아저씨, 길가 가게에서 흘러나오는 이한철의 다 잘 될 거라는 노랫소리, 그리고 축 늘어진 저녁에 타이밍 좋게 울리는 친구의 긴급 술자리 호출. 위로받고 위로하는 우리들의 우연한 일상.

핑크빛 안주

그거 알아? 내가 그때 그 녀석 좋아했었잖아. 지금 생각하면 우습지만 그때는 정말 두근두근했다고!

어머, 정말? 네가 그 자식을? 세상에, 세상에. 나는 까맣게 몰랐어. 깔깔깔.

어쩌다 튀어나온 스무 살 무렵의 우리들 이야기는 꼬리에 꼬리를 물고 길게 이어졌다. 야외 테라스에 앉아 차가운 물방울이 맺힌 시원한 맥주를 홀짝이며 우리는 즐거워했다. 테이블 위 요구르트 드레싱을 곁들인 과일 샐러드도 맛있었지만, 역시 안주는 옛이야기가 제격이다. 그것도 핑크빛 연애담과 짝사랑, 스캔들이라고 이름

붙이기도 뭣한 사건들, 그리고 순정.

"그때의 우리들은 참으로 어렸다, 그치?"

고개를 끄덕인다. 아무런 측량 없이 그 사람이 좋았었다. 지금 생각하면 바보 같기도 하고, 대책 없기도 한 그 사람의 어디가 그렇게 좋았을까 도무지 알 수 없지만 어쨌든 내가 좋아했던 마음만은 과거 속의 진실. 그렇게 마음을 많이도 태워먹었다. 몇 번씩 태우고 달구고 재를 떨어내면서 처음엔 물컹 말랑했던 마음이 조금씩 굳고 단단해졌다. 웬만큼 날카로운 칼날에 깊숙이 베이기 전까지는 부드럽고 발그스레한 속살이 좀처럼 드러나지 않는다. 나이를 먹고 어른이 되는 것, 그런 것.

스무 살의 나는 목하 짝사랑 중이었다. 볼 살은 여전히 통통했고, 머리는 가볍게 짧았으며, 늘 종종종종 뛰어다녔고, 화장이 어울리지 않았다. 금지도서가 잔뜩 쌓인 학생회실의 바닥에 커다란 전지를 펴놓고 매직으로 대자보를 쓰고 있으면 어느새 그가 들어와 "여어, 글씨가 점점 처지고 있어" 라고 지적해주었다.

앗, 정말. 마음이 기우는지 어쩐지 줄을 더해갈수록 글자들은 오른쪽으로 기울고 있었다. 다시 쓰기에는 너무 멀리 왔다. "몰라, 그냥 쓸래. 오빠가 뒤에서 좀 봐줘."

그렇게 수많은 나의 뒷모습을 지켜봤건만, 그는 나의 기우는 마음은 보지 못했나 보다. 주변의 다른 사람들은 다들 눈치 채고 있었건만 유독 그만은 봐주지 않았다. 일견 다행이고 일견 섭섭한, 그러나 대체적으로 따뜻하고 즐거운 날들이었다. 매일 그의 얼굴을 본다는 것에 나는 충분히 만족했으며, 그가 스스럼없이 "이 녀석!" 하며 콧잔등을 튕기는 그 순간에 눈을 찡긋 감으며 빨간 혀를 내밀어 살짝 마음을 내비치던 그런 날들이었다. 그런 그가 군대에 간다고 했다. 늘 그놈의 군대가 문제였지. 입소하기 삼 일쯤 전에 신촌의 자그마한 술집에서 초록색 소주를 앞에 두고 그를 만났다.

"잘 다녀와, 건강하고. 자주는 아니더라도 가끔 편지는 써줄게." 군대 가는 이에게 건넬 만한 이런저런 격려와 당부의 메시지들을 줄줄 읊었다. 그리고 마지막에 슬쩍 안녕처럼 끼워 넣었다. "오빠도 알고 있겠지만 나 오빠 굉장히 좋아했잖아. 지금도 그렇지만 벌써 몇 년째야, 이 년인가? 암튼 군대 간다니 그래서 더욱 섭섭하고 그러네."

표정 하나 변하지 않고 생글생글 웃으면서 얘기하긴 했지만 심장은 잔뜩 움츠러들었다. 타는 목에 물 대신 소주를 벌컥 들이켰다. 얼굴이 붉어져도 취기 때문이라고 핑계댈 수 있겠지. 웃으면서 듣고 있던 그의 얼굴은 점점 곤란한 표정으로 바뀌었다. 캐러멜 맛인 줄 알고 덥석 입에 넣은 사탕이 계피 맛이었음을 깨달은 꼬마처럼. 눈앞에 사탕을 건네준 친절한 누나가 '맛있어?' 하는 표정으로 쳐다보고 있어서 다시 뱉어낼 수도 없는 그런 난감한 상황처럼.

처음부터 동생이었으니 끝까지 좋은 동생이었으면 좋겠다고 이미 예상하고 있던 말들을 꺼내는 그를 향해 짐짓 웃어 보였다. "알아, 알아. 그냥 군대 가기 전에 말해두고 싶었을 뿐이야. 오빠가 이제 와서 그럼 사귈래? 그래도 곤란하다고. 군바리는 사절이야." 또 빨간 혀를 내밀며 눈웃음을 지어 보였다. 이렇게 웃을 때가 제일 예쁘다고 오빠가 그랬다.

꽤나 자주 편지를 보냈으며, 한 번 면회를 갔다. 나는 다른 이와 연애를 시작했고, 그는 어느새 제대를 했다. 나이를 조금 더 먹었어도 그와 나는 여전히 좋은 오빠와 귀여운 동생임에 변함이 없었다. 그게 좋았다. 그가 서른셋이 되고, 내가 서른이 되어도 그것은 변하지 않을 것이었고, 변하지 않았다는 것이.

그의 신부는 예뻤고, 나와는 전혀 달랐다. 비슷했다면 살짝 화가 났을지도 모르겠다. 턱시도를 입은 그는 멋졌고, 결혼식장으로 들어가는 그의 어깨는 자못 긴장해 있었다.

오랜만에 그의 뒷모습을 지켜본다.

오빠, 오빠, 어깨가 살짝 기울었잖아. 가슴은 쫙 펴야지. 그래야 멋있다고.

tip. 39

옛 남자친구의.
여자친구 만나기.

옛 남친을 만나도
흔들리지 않을
자신이 있는가

YES →

옛 남친에게
악감정이 있는가

YES →

여자친구 앞에서
예전에 사귈 때
얼마나 잘해줬는지
모두 이야기한다

NO →

둘이 예전에
연인 사이였던 걸
절대로 알리지 마라

NO →

옛 남친의
전화번호부터
지워라

장마는 연애의 계절이다

누나, 나 애인 생겼어.

전화기 너머 후배의 목소리에서 미열이 느껴졌다. 너마저……

연애에도 사이클이 있는 걸까. 365일 누군가를 그리워하고, 온전히 내 편인 사람을 찾아 헤매는 게 청춘남녀일진대 무슨 발정기가 있는 것도 아니고 그런 게 있을 리가 없다. 허나 이상하게도 내 주변의 인물들은 한꺼번에 연애의 늪에 몸을 던지거나, 혹은 실연의 구덩이에 내던져지거나 한다. 신기할 따름이다.

얼마 전에는 수렁에서 건진, 까지는 아니지만 어쨌든 긴 방황 끝에 돌아온 친구가 난데없이 사진작가와 드라마틱한 연애를 시작하더니 이제는 주변의 모든 이들이 연애의 바다로 몸을 던지고 있다. 이 축축한 계절에.

비가 주룩주룩 내린다.
아, 나는 무릎을 탁 쳤다.
그렇구나. 바야흐로 장마철을 맞이하여 연애의 계절이 오는 것이로구나.

한쪽 어깨가 다 젖고 바짓단이 축축해질망정 둘이 한 우산을 쓰고 빗속을 산책하는 것도 좋겠지. 3단으로 접는 아주 작은 미니 우산부터 투명한 비닐우산, 꽃무늬 우산, 고양이 무늬 장우산, 커다란 레이싱걸 우산까지 모두 구비하고 있는 나는 비가 올 때마다 그 우산들을 빙글빙글 돌려가며 혼자 독차지하는 기쁨을 만끽해야지.

참 좋은 계절에 연애한다 싶은 생각이 들었다. 그것은 '한 우산을 쓰고 걷는 한 쌍의 연인'에 대한 일종의 로망 때문이기도 하고, 한 우산 안에 있을 때만큼 서로를 얼마나 배려하는지 알 수 있는 기회

도 드무니까 말이다.

칙칙하고 커다란 아버지의 골프우산이 아닌 다음에야 우산은 1인용. 나란히 걷는 두 어깨를 모두 보듬을 만큼 크지 않다. 그러니 서로 몸을 바짝 붙이고 우산을 든 한 사람의 팔에 자연스레 팔짱을 끼게 된다. 뜨거운 햇살을 가린 비 덕분에 살갗의 온기가 기분 좋게 다가오는 장마철의 온도. 게다가 작은 지붕 아래 팔짱을 낀 연인의 폭만큼 귀여운 긴장감을 가진 거리도 흔치 않다. 같은 우산 아래에 서면 같은 보폭으로 걷게 된다. 물 웅덩이가 나타나면 폴짝 뛰어넘도록 기다려주기도 하면서.

그리고 가장 중요한 것.
상대의 어깨가 젖지 않도록 우산을 기울이고 그만큼 자신의 어깨를 빗속에 내맡기는 그 귀엽고도 아름다운 행동.

한쪽 어깨를 빗줄기에 내어주고 여자친구가 혹여 비를 맞을까 우산을 기울여주는 사람을 보면 좋은 사람이구나, 그냥 본능적으로 그리 생각해버린다. 젖은 어깨가 안쓰러워 우산을 자꾸 똑바로 세워주는 여자들도 너무나 사랑스럽다. 그들은 지금 빗속을 걷는 것이 아니라 꽃 같은 비단 위를 날고 있는 것이다.

나도 장마철에 연애를 했었다. 190센티미터가 넘는 커다란 키를 가진 사람이었다. 줄기차게 내리는 장맛비를 바라보며 신촌 홍익문고의 처마 아래서 그를 기다리고 있었다. 남들보다 머리 하나만큼 우뚝 솟은 그가 나에게 다가오는 게 보였다. 우산을 펴고 그를 향해 발을 내딛는 순간, 그는 내 우산을 다시 접게 했다. 그의 우산 아래에 들어서는 순간, 나는 이상한 기분에 사로잡혔다. 우산이 너무 높이 있어서였다. 내 우산은 늘 160센티미터의 높이 위에 떠 있었다. 그런데 그가 받쳐 들은 우산은 내 머리 한참 위에, 다른 이들의 우산보다 훨씬 높이 지붕을 펴고 떨어지는 빗방울을 막아주고 있었다.

와아- 그가 받쳐 든 우산 속은 가히 신세계였다. 내 머리끝부터 저기 우산의 바로 밑까지는 그에 의해 완벽하게 맑은 날씨. 내가 두 걸음 걷는 동안 그는 한 발짝 내딛었다. 천천히 걷느라 그의 걸음은 어색했다. 나는 그의 팔을 잡은 손에 힘을 꼭 주었다. 마늘 볶는 냄새가 진하게 풍기는 철판 요리집에 들어서자 비를 쫄딱 맞은 그의 한쪽 어깨에서는 김이 모락모락 올랐다. 그때 알았다. 축축한 장마철엔 우산 속에 무지개가 뜨는구나.

퇴근길의 저녁, 나는 우산을 나눠 쓴 연인들을 보며 생각한다.

그래, 그 아래서 마음껏 사랑을 확인하시라. 장마는 그대들에게 축복일지니.

tip. 40

우산 속. 로망.

바짓단이 축축이 젖지 않도록 짧은 바지나 치마에 맨다리를 드러내고 젖어도 좋은 샌들을 신을 것. 비 냄새와 어울리는 상큼한 향수를 뿌릴 것. 우산은 너무 작지도 그렇다고 너무 크지도 않아 두 사람이 꼭 붙어있어야만 하는 사이즈를 고를 것. 한 우산 안에 들어갈 것. 우산을 든 남자의 팔에 팔짱을 낄 것. 즐거운 노래를 흥얼거릴 것. 그 이후는 알아서들 하시라.

사랑의 총량

세 여자가 모였다.

한 명은 긴 연애의 불안을 안고, 한 명은 갑작스런 실연의 슬픔을 안고, 한 명은 이제 막 시작된 연애의 설렘을 안고 같은 술을 나눠 마셨다. 슬픔을 안은 그녀는 연약한 미모사 같아서 금세 눈물방울을 또르르 흘렸고, 우리는 어쩔 줄 몰라했다. 다른 이의 사랑이 끝나는 것을 목도하는 것은 사랑이 시작되는 순간을 목도하는 것보다 훨씬 더 당황스런 것이었다. 게다가 설렘을 안은 건 나였다. 친구의 슬픔이 진정으로 안타까웠지만 그 순간만큼은 깊이 공감해주지 못했다. 슬픔을 안은 그녀는 '사랑이 시작되었다'며 얼굴을 붉히는 나를 어떤 심정으로 바라봤을까.

이제는 알겠다. 연애에 마침표를 찍은 지 이제 한 달 남짓. 바닥의 먼지 냄새만 맡으며 보낸 나였다. 터져 나오는 눈물을 훔치며 두 손으로 입을 막고 소리를 죽였다. 혈관으로 파고든 소주는 정신을 더 또렷하게 만들었고, 흔들리는 발걸음에 얹은 흔들리는 마음이 덜그럭거렸다. 그리고 그 숨죽인 비명을 고스란히 받아주던 고마운 이들이 있었다. 마침표가 찍히던 날, 한마디도 캐묻지 않고 그저 '잘했다'며 조용히 머리를 쓰다듬었던 이들.

헤어지는 데도 시간이 필요하다. 아플 만큼 아파야 새살이 돋는다고 했던가. 그 한 달 동안 나도 모르게 패인 상처의 고름을 짜냈고, 마침표로 반창고를 붙였나보다. 나는 급속도로 편안해졌다. 잊은 것은 아니나, 상처를 목도하였으니 이제는 치유를 기다리는 수밖에.

살며시 상처를 다시 만져보며 어리광을 부리고 싶던 어느 날, 고마운 이 두 명이 행복한 미소를 지으며 이제 막 시작된 사랑에 어쩔 줄을 몰라했다. 아, 그렇구나. 슬며시 눈치는 채고 있었지만 여기서는 다른 사랑이 시작되고 있었구나.

첫 감정은 미약한 질투를 동반한 부러움. 나는 아직 멀어진 연인의 뒤꽁무니를 바라보고 있는데, 당신들은 공중부양열차에 올라타고 슝 하니 가버리겠구나. 기차의 기적소리 뒤로 그 사람의 얼굴이 떠올랐다. 그는 지금쯤 무엇을 하고 있을까. 아파하고 있을까 아니면 덤덤하게 일을 하고 있을까, 가끔 나를 떠올리기는 할까.

살짝 뜨끈해지는 눈으로 고개를 들었다. 눈웃음을 지으며 뽀뽀하는, 막 시작하는 연인들을 보았다. 더 슬퍼질 줄 알았다. 그런데 아니었다. 기분이 점점 좋아진다. 참 보기 좋구나. 시작하는 연인의 열기는 주변을 데우는 힘이 있는지 발가락에 온기가 느껴진다. 우리도 아마 누군가에게 보기 좋은 연인이었겠지. 그렇게 생각하면 이미 끝나버린 나도 너도, 지금 시작하는 그들에게도 똑같은 축복을 보낼 수 있어.

자정을 넘긴 시각의 겨울 찬바람은 매섭다. 코트 깃을 여미며 또각또각 집으로 돌아가는 길, 문득 생각한다. 지구상에 존재하는 에로스적 사랑의 총량은 이미 정해져 있는 것이 아닐까. 제어할 수 없는 두근두근한 심장을 가지고 살아가는 사람이 일정 수를 넘으면 세상은 미쳐 돌아가 어느 날 갑자기 멈출지도 모른다. 그래서 자연의 법칙처럼 사랑의 총량이 정해져 있는 것일 거야. 누군가의 사랑이 끝나면, 또 어디선가 누군가의 사랑이 시작된다. 누군가의 사랑이 시작되면 또 어디선가 다른 이의 사랑이 끝난다.

그러니 시작하는 당신들, 열심히 사랑할 것이라 믿소. 그리고 우리 홀로 남겨진 이들은, 지구의 균형을 맞추기 위해 씩씩하게 홀로 서 있는 것이라오.

tip. 41

지구를 지키는.
용사님들에게.

사랑에도 유통기한이 있다고들 한다. 사랑의 감정이 유지되는 기간은 잘해봐야 3년. 그 이후는 보통 우리가 '정'이라고 일컫는 것들과 익숙함과 편안함으로 유지되는 것이랄까. 낭만과는 거리가 먼 이런 이야기들을 굳이 믿어서 인생을 팍팍하게 만들고 싶진 않지만 그래도 고개를 끄덕일 수밖에 없는 것은 세상 사람들 모두가 사랑에 빠져 살아가고 있다면 일찌감치 인류가 멸망했을지도 모른다는 생각때문.

야수의 위협에서 밤새 동굴을 지켜야 하는데 사랑에 빠져 정신 줄을 놓아버린다거나, 사냥을 해야 하는데 신경이 온통 딴 데 가 있어 먹이를 구할 수 없다거나 하는 상태로 모두가 지낸다고 생각해보라. 네안데르탈인에서 인류는 아마도 끝이 났을걸.

그래서 사랑에는 유통기한이 있나보다. 사랑의 유통기한이 아니라 정확하게 말하자면 사랑에 미친 호르몬의 유통기한. 두근두근하고 잠 못 이루는 불면의 밤들이 지속되는 그 미친 호르몬 말이다. 그리고 지구의 균형을 맞추기 위해서 어머니신은 이런 미친 호르몬을 가진 사람들의 양을 적절하게 조절하고 있는 것일지도 모른다. 나는 그렇게 생각하기로 했다.

왜 나는 현재 홀로일까. 그건 당신이 매일매일 열심히 굴러가는 지구를 위해 외로움을 견디며 정신 줄을 제대로 잡고 있는 용감무쌍한 용사님이기 때문이다. 칼 대신 냉정한 정신을 무기로 잡고 있는 용사. 언제까지 이 차가운 무기를 손에 쥐어야 하냐고? 어떤 미친 호르몬의 유통기한이 끝날 때까지. 그게 언제일지 모르지만 분명 다시 용사의 임무를 쉬고 미친 호르몬에 몸을 내맡길 날이 올 것이다.

그러니 지금 열심히 임무를 수행하지 않으면 안 되오. 용사의 책임으로 친구에게 성실하고 날카로운 연애상담도 해주고, 스스로를 자랑스럽게 여겨야 하오.

파이팅. 건투를 빌어요.

햇살, 좋았습니다

그런 순간이 있다. 누군가에 대한 호감도가 상승곡선을 타고 급격히 올라가는 순간.

그건 나와 관계를 맺고 있는 사람에게도, 그냥 처음 본 타인에게도 적용된다. 예를 들면, 여러 가지 꽃이 섞인 색색의 센스 넘치는 꽃다발을 들고 수줍은 듯 누군가를 기다리는 남자를 보면 저절로 기분이 좋아진다. 그냥 저 사람은 좋은 사람이겠구나 생각해버린다.

어제 저녁에 객차 맞은편에 앉은 청년이 그랬다. 길에서 흔히 지나치는 평범한 청년이었는데 가방을 뒤적거리더니 베이킹 잡지를 소중히 꺼내 찬찬히 읽기 시작했다. 그 순간이었다. 그 청년이 굉장히 따뜻하고 멋진 사람으로 느껴진 건.

'분명 맛있는 케이크를 굽는 베이커가 될 거예요, 당신.' 속으로 가만히 응원의 미소를 보낸다. 그 밖에도 지하철에서 척 팔라닉의 소설을 읽고 있는 사람이거나, 잭 존슨의 노래가 약하게 이어폰 사이로 흘러나오는 사람이거나, 넘어진 아이를 일으켜주는 사람을 보면 순간적으로 호감의 수은주가 쭉쭉 올라간다. 꽤나 낭만파인가, 나.

그 사람은 웃음 때문이었다. 소년만화 속 열혈 남자 주인공의 '반 친구3' 로 나올 것 같은 평범한 모습에 내성적인 성격도 그렇고 별로 나를 끌어당기는 면이 없다고 생각했다. 다만 저음의 목소리가 맘에 들었다. 보름에 한 번꼴로 '언제 한번 봐야 하는데' 식의 문자를 주고받고, 두 달에 한 번쯤 마주앉아 적당히 즐거운 술자리를 가질 수 있는 그런 사람이었다.

그러나 그것이 뒤집히는 것은 정말 한 순간. 대화와 대화의 중간, 어색함이 둘 사이를 강물처럼 흘러가는 그 잠깐을 내가 참지 못하고 80년대와 90년대 사이의 어중간한 개그를 날렸을 때, 그는 이제까지의 소심한 얼굴을 벗고 웃음을 터뜨렸다. 그 순간이었다, 나를 사로잡은 것은.

마치 여름날 소나기가 지나간 후의 햇살 같았다. 약간 큰 입술이 보기 좋은 곡선을 그리며 올라가고, 눈가에 웃음 주름이 살짝 잡히는 동시에 고개가 약간 뒤로 젖혀지며 목울대가 울리는 그 모습은 밝음과 온기를 뿜어냈다. 큰 웃음 뒤에 잔상으로 남는 미소 또한 일품이었지. 진정 햇살 같은 미소라고 생각했다. 그리고 이 햇살을 오래도록 쬐고 싶다고 생각하면서 발가락을 꼬물딱거렸다.

사람이 사랑에 빠지는 순간은 진정으로 별게 아니다.

햇살 아래 나는 마냥 좋았으나 역시 여름날의 햇살이 겨울로 향해가며 온기를 잃듯 안

타깝게도 그 햇살은 오래가지 못했다. 나는 그 웃음이 계속 보고 싶어 그가 웃을 만한 일이라면 무엇이든 했지만, 그는 맨 처음 나를 사로잡았던 그 미소를 어느 순간부터 숨기고 보여주지 않았다. 맑은 햇살에 감동받으려면 먹구름도 천둥 번개도 안개도 황사도 필요하다는 것을 나는 잠시 잊고 있었다.

그는 익숙해졌고, 끝내 지겨워했다. 나 역시도 마찬가지였을 것이다. 마주보고 웃는 시간은 점점 줄어들었고, 그저 시시한 TV 프로그램을 나란히 보며 공허한 웃음을 날릴 뿐이었다. 그런 때의 그의 웃음은 먼지 같아서 보고 있으면 목구멍이 답답해져 왔다.

그의 햇살 같은 미소를 더 이상 볼 수 없다는 것을, 아니 더 정확하게는 그가 내게 햇살 같은 미소를 보여주지 않는다는 사실을 알게 된 것은 머리가 먼저였으나 몸이 받아

Dieses
Journal ist ein unentbehrlicher
zum Festhalten von Notizen,
Eindrücken,
wie Außergewöhnlichem

들이는 데는 시간이 좀 걸렸다. 사로잡힌 순간에서 벗어나는 일은 순간의 몇 갑절이나 시간이 걸린다. 이것도 마음의 관성이라 할 수 있을까.

미소를 조르고 조르다 더이상 네게 웃어줄 수 없다고, 꼭 말을 전해 듣고 가슴이 먹먹해져야만 그것을 받아들이고 만다. 그렇게 우리는 서로에게 안녕을 고했다. 그리고 보았다. 그의 햇살 같은 미소를.

조금은 처연하고 눈가의 주름이 충분히 깊지 않았지만 그래도 아름다운 햇살이었다. 눈이 부셔서 눈앞이 흐려졌다. 구름이 잔뜩 낀 변덕스런 하늘을 보면 나는 그의 미소가 생각난다. 얼굴은 흐릿하지만 그의 입꼬리가 빚어내던 햇살의 느낌을 기억한다.

고맙습니다. 덕분에 촉촉한 햇살이 어떤 것인지 나는 알게 되었어요.

그리고…… 당신을 만나 좋았습니다.

tip. 42

옛사랑을.
추억하기.

사람에게 망각의 능력이 있다는 건 얼마나 감사할 일인지. 특히 사랑과 연애에 관해서는 더욱 그러하다. 지나간 옛사랑이 남긴 깊은 상처는 시간이 지나면 희미해진다. 더 신기한 것은 그 망각의 거름망을 지나면 마이너스의 감정들은 저 멀리로 떠내려가고 옛사랑의 좋았던 기억들만 혹

백사진같이 남는다는 사실이다. 컬러풀한 현실감은 사라지지만 그래서 오히려 더 아름다운 하나의 명암. 그걸 추억이라 부르기도 하더라. 그리하여 옛사랑을 되돌려보았을 때, 기분 좋은 한 장면을 떠올리며 입가에 미소 지을 수 있다면 우리는 새로운 사랑을 맞이할 준비가 된 것이다.

낭만주의자의 연애세포 관찰기

1판 1쇄	2008년 5월 23일
1판 2쇄	2008년 7월 30일

지은이	손수진
펴낸이	김정순
기획 · 편집	김소영
디자인	최윤미
마케팅	최정식 이숙재 정상희

펴낸곳	(주)북하우스
출판등록	1997년 9월 23일(제406-2003-055호)
주소	413-756 경기도 파주시 교하읍 문발리 파주출판도시 513-8
전자우편	editor@bookhouse.co.kr
전화번호	031)955-2555
팩스	031)955-3555

ISBN 978-89-5605-266-3 03810

* 이 도서의 국립중앙도서관 출판시도서목록(CIP)은 e-CIP 홈페이지(http://www.nl.go.kr/cip.php)에서 이용하실 수 있습니다.(CIP제어번호: CIP2008001472)

www.bookhouse.co.kr
blog.naver.com/bookhouse1